NATACHA TROUBETZKOI

ALORS QUE JE MOURAIS…

Née il y a trente ans à Genève, Natacha Troubetzkoï est franco-suisse. Descendante d'une célèbre famille princière russe, elle a vécu en France où elle a obtenu une licence en sciences économiques et en Suisse où elle a entamé une carrière professionnelle. L'écriture a toujours été une passion pour elle. A l'âge de dix-neuf ans, elle a écrit un recueil de nouvelles autour de la ville de Londres, puis plus tard, une pièce de théâtre nommée « La belle et le bouffon profond » et a finalisé en 2008 son premier roman, « Alors que je mourais… ». Actuellement, elle prépare un nouvel ouvrage.

Alors que je mourais...

NATACHA TROUBETZKOÏ

4

Illustration de couverture : Natacha
Troubetzkoï

Image de couverture © NATACHA
TROUBETZKOÏ

ISBN :978-2954080222

BLOG : https://troubetzkoi.com

A Edouard, mon grand-père, décédé à l'âge de cent ans, et à Léa, ma grand-mère.

Alors que je mourais...

NATACHA TROUBETZKOÏ

8

PROLOGUE

J'irai sur la colline. Peut-être pour cracher mes poumons ou parce qu'une tache violette aura couvert mes bras. Là-bas, je regarderai le monde en rigolant, étouffée par la grandeur. Je ne souffrirai pas, ce sera même jouissif. Je serai plus grande que le chêne qui orne le point culminant, l'enfer paraîtra loin. Le soleil se pliera à ma volonté, tout sera blanc ou couvert des sept couleurs de l'arc-en-ciel. Rien ne sera plus comme avant.

On érigera pour moi un tombeau digne de ce nom, et rien ne sera triste. Ainsi, la mort, le renoncement ne seront que des images ancrées dans des êtres de carbone en train de vaciller. Je pars et je reviens. Je suis comme un chat, j'ai sept vies. Je ne suis personne…

CHAPITRE 1

LA GLOIRE

« Droit devant soi on ne peut pas aller bien loin… »
Antoine de Saint-Exupéry, « Le petit prince »

«   Oisive jeunesse
        A tout asservie,
        Par délicatesse
        J'ai perdu ma vie.
        Ah ! Que le temps vienne
        Où les cœurs s'éprennent (…)
(…)   J'ai tant fait patience
        Qu'à jamais j'oublie ;
        Craintes et souffrances
        Aux cieux sont parties.
        Et la soif malsaine
        Obscurcit mes veines (…)   »

Arthur Rimbaud,
« Chanson de la plus haute tour »

Les roses étaient fanées. Ces trois fleurs aux tiges vertes épineuses devinrent obscures, leur ton rouge éclatant avait disparu de leurs pétales pour se friper cruellement. Elles qui mirent du temps à éclore connurent brièvement leur heure de gloire pour disparaître. Sarah-Lena, ma meilleure amie, me les avait offertes pour mon dix-huitième anniversaire, ainsi qu'un sublime collier provenant de notre boutique préférée à Cornavin. C'était juste après les examens du bac. Avec elle et d'autres personnes, nous formions une bande d'amies inséparables. Malgré notre amitié, Sarah se différenciait des autres : elle devenait de plus en plus sérieuse avec l'âge. La raison et la religion alimentaient sa vie, tout le contraire de mon amie Oui-Oui et moi. Oui-Oui s'appelait en fait Stéphanie mais Sarah lui avait trouvé ce surnom, pas seulement parce qu'elle possédait tous ces ouvrages de la bibliothèque rose, mais aussi parce qu'elle ne disait jamais non aux garçons. J'avais longtemps considéré ce trait de sa personnalité comme de l'altruisme pour plus tard me ranger à l'avis de Sarah, dont l'esprit critique décréta que Oui-Oui était une fille soumise manquant de personnalité. Bien que j'approuve certaines actions permettant de gagner en popularité, je demeurais égoïste et je le revendiquais. Il valait mieux l'être quand ses propres parents vaquaient à leurs occupations sans se préoccuper de leur progéniture et que sa propre sœur ne donnait signe de vie.

L'égoïsme représentait pour moi une valeur-clé de l'existence. D'abord cela permettait de survivre. Si on ne s'occupait que des autres au lieu de penser à soi-même, on courait droit à notre perte.

Et puis, pourquoi fallait-il se refuser des joies et des privilèges que d'autres détiennent ? Pourquoi fallait-il faire comme tout le monde ?

Pour arriver à obtenir une vie aussi enviable que la mienne, il avait bien fallu de l'égoïsme.

Qu'on le veuille ou non c'est l'égoïsme qui dirige notre existence

Mes amies et moi, nous nous connaissions depuis l'âge de douze ans ; nous nous étions rencontrées au collège de Ferney-Voltaire, en France voisine. Mes parents, en bons français chauvinistes, demeuraient ignorants face au système suisse et préféraient que je suive ma scolarité en France.

Quelques filles de la bande étaient françaises et vivaient en France et d'autres se trouvaient dans un cas similaire au mien. Ce collège rassemblait des étudiants de différentes nationalités et comme le lycée se situait au même endroit, j'étudiai sept ans dans cette enceinte. Sept ans où je vivais le quotidien avec les mêmes personnes. Durant ces années, j'avais grandi, évolué avec elles et vécu tellement de choses.

Tous les jours, on se levait tôt le matin pour attraper le bus qui traversait la frontière, c'était déjà difficile de tenir debout aussi longtemps. De plus, nous avions toujours quelque chose à nous raconter. Tantôt on restait dehors, tantôt dans l'agora, la grande salle avec des chaises, des tables et de la musique orchestrée par un lycéen qui s'improvisait Disc-jockey.

Quand je rentrais du lycée, j'aimais me vautrer sur le canapé et regarder la télé. Clips, séries télévisées, je zappais. Ensuite, je savourais la lecture de magazines de notre génération, truffés d'articles sur les stars du moment, avec d'immenses posters en cadeaux. Lire les articles parsemés de bons conseils demeurait plus passionnant que les livres et les leçons. Les conseils beauté me permettaient de préserver mon physique et de rester belle, pour garder longtemps mon potentiel. Ce qu'on apprenait au lycée disparaissait en un rien de temps et ne nous apportait rien. Si je voulais, par exemple, travailler dans l'une des boutiques de mes parents, je devais être présentable et apprendre quelques rudiments du travail demandé. En revanche, le fait de connaître la date de telle bataille et de calculer telle formule n'allait concrètement pas me servir pour être employée dans une boutique. Les potins assimilés permettaient d'alimenter les conversations au lycée, ce qui augmentait ma popularité.

Seulement après avoir dîné, je devais me plier à la contrainte des devoirs sur le bureau de ma chambre, tout en écoutant l'émission culte du moment, Maurice radio libre, qui finissait à minuit. Je reconnaissais que le contenu de cette émission paraissait plus attrayant que ces exercices de maths et autres horreurs qui m'assommaient.

Les profs nous saoulaient toute la journée, ils se permettaient de jouer les prolongations sur nos soirées. Bien entendu, si nous manquions de faire quoi que ce soit, nous subissions alors les brimades, parce que ces prétentieux pensaient que tout ce qu'ils nous imposaient demeurait plus important dans cette vie. Moi j'aimais bien analyser les choses, comme j'analysais l'interview de Whigfield, la chanteuse dance, et quand je voyais l'attitude débile de ces profs, il y aurait eu beaucoup à dire.

Donc, je me couchais souvent vers minuit, ou un peu avant. Evidemment, il arrivait que le programme change. On se retrouvait parfois le soir dans un pub, entre camarades du lycée.

Cette année-là, Jennifer Lopez n'existait pas, les rappeurs constituaient une minorité plutôt pacifiste, le rock continuait d'exploser, la dance gagnait des galons et les top models étaient glorifiées. Bref, la belle époque. Mon groupe d'amies et moi, on aimait se défouler au cours de théâtre et on avait des problèmes avec les Anglais. Ce lycée international faisait cohabiter différentes nationalités plus ou moins représentées. Les élèves anglais demeuraient les plus racistes, ils formaient un ghetto. Si l'une de nous s'approchait de leur groupe en essayant de marmonner des mots en anglais, ils la regardaient bizarrement, puis l'ignoraient. Des êtres sociables, en somme. Tout dégénéra lorsqu'une dispute tourna à la bagarre.

Oui-oui la soumise s'était entichée d'un Anglais prénommé James. Déterminée, elle le dragua et sortit avec lui. Seulement, une Anglaise bien blonde et bien blanche qui répondait au nom d'Eva – et non pas Eve du jardin d'Eden – lorgnait sur lui. Cette grande teigneuse d'un mètre quatre-vingt, aussi maigre qu'un poteau, n'avait pas apprécié les agissements de Oui-Oui. Pour la première fois, la gentille et docile Oui-Oui s'énerva et en vint aux mains. Grosse alerte, attroupement. Dans la foulée, Oui-Oui nous fit l'honneur de ramener de cet épisode une touffe de cheveux blonds limite blancs, retirée lors de la bagarre, qui nous servit à la confection d'une poupée vaudou.

Cette histoire affecta tout le monde, même les professeurs d'anglais. Une bonne partie d'entre eux n'articulait pas correctement les mots français car ils ne dispensaient que des cours pour la section « anglais national », section qui incluait des cours d'histoire, géographie et mathématiques dans la langue de leur pays. Ces professeurs-là se croyaient tout permis au point de dédaigner les Français et de les traiter comme des moins-que-rien. L'affrontement entre Oui-Oui et Eva créa – ô, shocking – un incident diplomatique. Après concertations, tous les professeurs du lycée avaient organisé un « goûter d'échange franco-anglais » qui frisait le ridicule. Parce que mettre sur une table les délicieuses pâtisseries que confectionnaient les Français à côté des horribles trucs gélatineux anglais, près des professeurs d'anglais qui se croyaient supérieurs, c'était désopilant.

Parfois, je me demandais si la France était toujours en guerre avec l'Angleterre. Dans le passé, il y avait eu des conflits et des batailles historiques barbantes et inutiles ; des vieilles rancœurs pour rien.

C'était une période qui paraissait insouciante. Au diable les préoccupations d'emploi et les factures. Seulement, les professeurs nous mettaient la pression avec leurs devoirs, leurs notes et leurs conseils de classe. A cela s'ajoutaient des préoccupations telles que la popularité et la réputation. Il fallait se lever très tôt pour être à huit heures précises aux cours, si possible plus tôt pour bavarder en buvant un café dégueu de la machine. C'était quand même difficile le matin de ne pas s'endormir devant les cours, et d'y assister au lieu de les sécher.

Les professeurs croyaient tout savoir, surtout le prof de philo. Ses sujets de dissertations semblaient ennuyeux et inutiles, jamais il n'en proposait d'intéressants tels que : « Pourquoi l'homme est-il inférieur à la femme ? »

Cette réflexion était toutefois fausse, lorsque quiconque se trouvait devant une femme telle que Feufeu, qui était prof de zéographie, enfin, de géographie.

Elle ne parlait pas correctement, mais en plus, elle détestait tout ce qui ressemblait de près ou de loin à une fille, ce qui irritait le féminisme de Sarah-Lena. D'ailleurs, Feufeu déformait son prénom en « Farah-Lena ».

L'intéressée, qui paraissait calée en histoire, ne se privait pas de souligner qu'elle n'était pas l'impératrice Farah, mais Sarah avec un s. Feufeu figurait au top 10 des profs subissant un taux d'absentéisme élevé des étudiants. Ces cours demeuraient les plus désertés et les plus ennuyeux. Feufeu les récitait d'un ton monotone et s'arrêtait parfois pour émettre des critiques sur un ton arrogant, teinté de nervosité. Une vraie tête à claque. Machiste, elle s'en prenait exclusivement aux filles et restait diplomate avec les garçons. Simplement, si elle tentait de séduire ces jeunes inexpérimentés, elle ne parvenait pas à les émouvoir. Tout ce qu'elle pouvait susciter, c'était des ricanements.

Avec sa petite taille, sa minceur saccadée par une cellulite logée au bas du corps, et ses cheveux courts encadrant un visage sans maquillage, Feufeu ne ressemblait à aucun canon de beauté de l'époque. Son plus grand coup de maître fut de donner ses cours vêtue d'une chemise masculine de couleur blanche et d'un gilet rouge façon serveur de restaurant. Une fille perdue. Lorsqu'elle paraissait de mauvaise humeur, elle se défoulait sur Sarah-Lena, qui se défendait, ce qui transformait les minutes de cours en affrontement intellectuel. Personnellement, je n'affectionnais pas ce genre de combat ennuyeux, mais comme cela concernait mon amie, je les suivais avec attention, en me délectant de voir Sarah-Lena écraser cette pauvre prof.

En observant tous ces professeurs, on pouvait en déduire qu'il fallait avoir un sacré problème pour enseigner au lycée. Tout d'abord, ils affichaient chacun une faiblesse visible, qui constituait leur griffe. Ensuite, ils s'exhibaient : donner des cours à plusieurs classes, c'était s'exposer à une foule qui critiquait. Toute défaillance serait détectée et commentée. Sachant que leurs collègues rencontraient le même type de problèmes, ils se retrouvaient tous confinés dans la salle des profs, qui ressemblait à un espace d'aide sociale, genre association d'entraide. Pour finir, leur vie entourée d'ados boutonneux paraissait loin d'être glamour, au maximum, leur heure de gloire c'était une photo dans le journal de la commune. De toute manière, on n'avait jamais vu un professeur de lycée devenir une star de la télé ou du cinéma.

Au final, il aurait fallu faire preuve de compassion envers eux. Cela s'avérait difficile lorsqu'ils exprimaient leurs frustrations en nous infligeant de mauvaises notes et en adoptant un comportement fortement imprégné de jalousie.

Avais-je vécu la meilleure période de ma vie dans cette jeunesse, cette légèreté, cette inconscience ? Il manquait quelque chose, quelque chose de vrai et, en même temps, je gardais l'innocence.

L'obtention du bac provoqua la rupture. Beaucoup partirent étudier à l'université de Genève où l'admission se faisait uniquement pour les bacheliers avec mention. Mes amies avaient beau être folles et fêtardes, elles avaient fini par l'obtenir, cette mention. Pour ma part, mon désintérêt pour les études et mon avenir à la sortie du lycée justifiait à peine le résultat : je n'avais presque rien révisé, j'aurais dû échouer et j'avais obtenu mon bac!

Je décidai de rester à Genève. Poursuivre des études en France ne m'enchantait guère ; cela ne m'intéressait pas et, bien qu'étant française, en dehors des cours, j'étais habituée au mode de vie à la suisse, au point de m'être fait naturaliser : je possédais ainsi les deux nationalités.

Je refusais de me retrouver dans une ville française, dans une fac-usine avec des jeunes bacheliers en foire et puérils, sortant des plaisanteries stupides sur les Suisses ou tentant d'imiter leurs accents – ce qui les rendait idiots, d'ailleurs, car tout le monde ici savait que l'accent le plus flagrant sortait surtout de la bouche des habitants d'autres cantons tel le canton de Vaud, rarement de celle d'un Genevois.

En réalité, je me prénommais Heidi. Une décision folklorique de mes parents dans un délire parsemé de substances illicites durant leur période baba-cool qui s'était longuement prolongée. Je me faisais appeler Nicki, car ce substantif sonnait glamour et me correspondait mieux. Maman, ou plutôt Annabelle – je l'appelais par son prénom – n'avait rien compris. La même scène se répétait sans cesse dans la cuisine,; elle préparait du café, m'en versait une tasse pour jouer à la gentille maman, et déclarait :

« Heidi, tu devrais… »

Et à chaque fois, je lui coupais la parole, lui rappelant que non, je ne suis pas Heidi, mais Nicki, et comme toujours, elle insinuait que je changeais d'appellation toutes les semaines.

Ce n'était pas vrai. J'avouais au début que je suivais cette vilaine tendance. Je voulais qu'on m'appelle Cindy lorsque Cindy Crawford était une top model mondialement connue. Lorsqu'elle s'était mariée avec Richard Gere, j'avais piqué un fard : je ne pouvais pas voir cette idiote, s'appropriant mon chéri, sur les couvertures de magazines. J'avais changé pour Naomi, c'était tellement plus mystérieux, et Naomi Campbell, avec son sale caractère, me fascinait. Puis j'avais mûri et je m'étais rendu compte que la confusion avec elle devenait agaçante, je devais un peu me stabiliser. Alors, je m'inspirai d'une top model américaine qui était tombée dans l'oubli, Nicki, une grande blonde athlétique et glamour, comme ça il n'y avait plus que moi qui répondais à ce prénom.

J'étais une vraie fille des années quatre-vingt-dix. Je portais des chaussures à plates-formes et j'écoutais de la dance, et toute la musique en provenance d'Europe du nord. Je me trémoussais sur des chansons comme « Barbie girl », « Saturday night ». Certains pouvaient trouver cela ridicule, cependant, c'était la mode à l'époque.

Le shopping ne constituait pas seulement un passe-temps mais une nécessité à ma survie. Je devais rester digne, ce qui signifiait rester au top de la tendance.

Les adultes avaient tendance à se moquer de nos préoccupations au sujet de l'apparence. Ils ne comprenaient rien et ne cherchaient pas à comprendre. A croire qu'ils n'avaient jamais eu notre âge. Leur vérité, ils la répétaient : à leur âge, ce n'était pas comme cela. Les temps changeaient. Nous devions nous affirmer quels que soient les moyens. Les séances de visionnage de clips vidéo permettaient de repérer le style à adopter. Mes parents ne prêtaient pas attention à mes choix vestimentaires… enfin presque pas. Quand des potes à mon père venaient, il arrivait que ces vieux ringards osent des remarques idiotes. Au début, j'ignorais, je gardais la Nicki attitude. A la longue, la vilaine Nicki pointa son nez et rétorqua brutalement :

« Ouais, c'est cela. Allez vous bourrer la gueule au bar, comme d'hab, si ce n'est pas déjà fait. »

Je vis cette période défiler à une vitesse effrayante, comme une mèche consumée à toute vitesse par une flamme.

Comment une famille française pouvait-elle vivre en Suisse ? Cela s'était passé ainsi : mes parents voulaient s'exiler dans les montagnes suisses. Après quelques mois passés dans le Valais – une région peuplée d'ivrognes socialement acceptés, où les étrangers rencontraient des hostilités de la part des habitants –, ils s'étaient rendu compte qu'il fallait travailler. Ils rendirent visite à un ami domicilié dans la ville de Genève et là, ce fut le choc : ils découvrirent que la Suisse n'était pas un pays uniquement constitué de campagnes bordées de montagnes. Ils descendirent légèrement de leur nuage. Finalement, ils montèrent avec un ami une boutique de décoration qui marcha tellement bien qu'ils ouvrirent plusieurs établissements, pour se retrouver ensuite à la tête d'une chaîne de magasins. Trop accaparés par le travail, ils diminuèrent leur consommation d'herbes et autres cochonneries baba-cool. Entre-temps, ils avaient fait deux enfants : ma sœur et moi. Ma chère sœur aînée de deux ans portait un prénom qui la prédestinait à rater son existence : Lotus. Il paraît que c'est une fleur ; pour moi, ce nom évoquait le papier-toilette, bien rose comme ses joues, contrastant avec sa peau blanche et sa chevelure frisée épaisse.

Elle demeurait toujours à côté de la plaque, rien à voir avec une véritable sœur aînée à laquelle j'aurais pu me confier, et ses yeux couleur marron-cochon restaient vides, avec une espèce d'ironie incompréhensible. On se demandait presque en quoi elle me ressemblait. Bien entendu, comme elle était née au cœur des délires hippies parentaux, elle fumait depuis toujours des cochonneries. Déjà, dans le ventre de maman, elle avait dû y goûter ; je soupçonnais même ma mère de lui avoir mis des trucs dans son biberon.

Elle était partie vivre aux Etats-Unis chez une cousine éloignée de papa pour un soi-disant séjour linguistique. Depuis, elle avait oublié de rentrer en Suisse et elle avait emménagé chez des amis qu'elle s'était faits là-bas, des marginaux encore plus fous qu'elle. Sacrée Lotus !

J'aurais dû naître plus tard, quand mes parents étaient devenus sérieux. D'abord parce que mon prénom officiel aurait été plus correct et parce que je détestais cette période fin années hippies début quatre-vingt : les gens se croyaient modernes alors qu'ils étaient tous coiffés comme des canards aux plumes froissées, ils pensaient avoir découvert les inventions les plus ingénieuses et les plus incroyables, alors qu'ils ne possédaient ni internet ni téléphone portable. Je préférais les années deux mille. A dire vrai, j'avais l'impression que tout était en noir et blanc dans les années quatre-vingt.

Un jour, maman avait décidé de quitter l'entreprise familiale car elle estimait que la monotonie envahissait cet environnement. Pistonnée par une amie, elle travaillait depuis comme employée de banque. Autant dire que cela changea de régime. Papa rigola moins et lui en voulut toujours de ce choix.

Durant mon adolescence, mes parents s'absentaient fréquemment. Au tout début, des disputes éclatèrent au point d'en devenir le pain quotidien, pour laisser place ensuite à de longs silences et à des absences. De toute manière, je n'avais plus besoin de mes parents, cela me facilitait les choses. Les absences parentales devenaient de vraies fêtes : je trouvais le matin un mot de ma mère et une enveloppe. Elle écrivait qu'elle devait s'absenter durant trois jours et que l'enveloppe contenait assez d'argent pour subvenir à mes besoins durant cette période. Mon père faisait de même, persuadé que ma mère demeurait incapable de faire cela et vice-versa. Leur guéguerre silencieuse m'arrangeait : comme ils étaient généreux pour se donner bonne conscience, je me payais des vêtements, des sorties, des restaurants et même des fêtes à domicile, avec femme de ménage pour le nettoyage post-fiesta incluse !

Tout ce dont j'avais besoin, c'était ce que je possédais : mes amies, des histoires à raconter, des fêtes à la maison, des sorties à organiser, des expériences à réaliser. L'image de la famille façon « Petite maison dans la prairie » ne me touchait guère. Il fallait croire que je ne savais pas aimer. Tout paraissait pourtant si simple… Cette vie semblait bien ordonnée : semaine à l'école, cours manqués, soirées, week-ends, vacances.

Un soir, maman invita à dîner un beau jeune homme, grand, brun, athlétique, très souriant, âgé de vingt-cinq ans. Officiellement, il nous avait été présenté comme un stagiaire de la banque où elle travaillait. Il paraissait plus mature que les garçons de mon âge, il possédait du charme et de la classe, et surtout, j'éprouvais des sensations bizarres en sa présence. Je compris plus tard que j'avais ressenti du désir, ce besoin subjectif et irrationnel sur un ton féminin, qui devait être assouvi. Naturellement, je n'en avais pas parlé à ma mère. Il avait beau travailler avec elle, vu son âge, je le regardais comme je regardais mes camarades masculins : son physique au détail près, s'il parlait correctement, à la différence des racailles que j'évitais soigneusement – car une racaille m'aurait attiré des ennuis et un manque de respect sans oublier des fausses rumeurs qui auraient couru à mon sujet. Je me demandais s'il embrassait bien, et s'il avait une copine.

Quelques jours plus tard, le bellâtre revint à la maison alors que je m'y trouvais seule ; je le reçus à la fois surprise et gênée. Face à l'inconnu, une jeune fille inexpérimentée ne sait que faire si ce n'est enregistrer les informations qui se présentent à elle. C'est dans cet univers-là que je basculai pour connaître une révélation. Nous avons bavardé durant une heure qui sembla magique car je me sentais tellement bien, pas seulement moralement, mais physiquement, car à l'intérieur de moi-même, je me sentais toute émoustillée. Cela devenait complètement incroyable car mon corps commençait à réclamer des attentions qu'il avait peu ou pas demandées auparavant. Je tombai dans un lieu jamais exploré où j'ignorai où tout cela me menait.

Ce jour-là, je devins une femme. J'ignorai la chance qui me sourit de réussir ma première expérience. Certes, je ne vivais pas une histoire d'amour avec mon initiateur, qui avait réussi à supplanter une bonne partie de la douleur par le plaisir qu'il avait été capable de me donner. Cependant, j'avais substitué les sentiments amoureux par la sensation de l'inconnu, le goût de l'aventure, l'attrait du mystère, la vue du plaisir se profilant à l'horizon, l'éveil des sens. Tout cela édulcora ma vie privée pendant des années.

Peu de temps après avoir couché avec lui, j'appris qu'il était l'amant de ma mère. Etrangement, cela ne me choqua pas. Peut-être parce mon niveau de moralité devait être limité. Si mes parents ne s'entendaient plus, c'était leur problème. Pour moi, ils n'incarnaient que mon père et ma mère, surtout pas un couple. Peu de temps après cette histoire, papa déménagea, et prit un appartement tout seul. La procédure de divorce fut lancée.

Depuis cette expérience, j'avais franchi une barrière. J'entrais à présent dans le club fermé des adolescentes devenues femmes. Ma candeur avait disparu, cela se lisait sur mes lèvres. Cela ressemblait à une révélation. Je connaissais une vérité. Ceux qui prétendaient que je n'étais qu'une enfant portaient en eux l'hypocrisie suprême, comme si leur corps et ceux des autres existaient sans le sang brûlant, ce jus vénéneux, détonateur de la vie, de la mort, de la douleur, de la jouissance.

Pendant les grandes vacances, j'avais décidé de commencer à travailler car cela me semblait être la seule alternative. Enfin je gagnais ma vie ! Je désirais aussi vivre dans mon propre appartement. Je trouvai un deux-pièces à la rue du Stand. C'était bien situé, pas trop loin de mon lieu de travail et dans le quartier de la vie nocturne. J'habitais à quelques mètres d'un club tropical où j'allais régulièrement m'enivrer de cocktails, ainsi, je pouvais rentrer dans n'importe quel état. Je travaillais dans le quartier de Rive où je faisais de la saisie de données. Cela parut difficile au début car je devais taper rapidement sur le clavier.

Cet emploi m'éreintait, j'avais l'impression d'être une machine, je devenais mécanique, même le soir lorsque je rentrais chez moi. L'unique remède demeurait la musique, quelle qu'elle soit, pourvu qu'elle ne soit pas aussi redondante que mes journées de travail. Je ne voyais pratiquement plus mes amies, parties en vacances. Les boites de nuit, c'était l'opium du peuple où se mêlaient la musique poussée à son maximum, les battements de cœurs comme le tambourinement du son, la chaleur de la fumée envahissante pour nous envoûter et les filtres magiques pouvant transformer les gens : l'intellectuel en idiot, l'introverti en extraverti. Je les connaissais toutes.

Cependant, j'en préférais une : le Rêve. Là-bas, je me laissais aller, je dansais, ainsi transcendée, je déposais ma banale existence dans les mains de la musique et mon corps devenait léger, quasi-inexistant, flottant dans l'air dans une sorte de plénitude. Qu'importe qui j'étais, ce que je pensais, ce que je faisais, je vivais l'instant présent, tout en fuyant la réalité dans un voyage vers les étoiles ou ailleurs. Plus de contraintes, plus de frontières, tout semblait permis, les rêves paraissaient prendre forme. La fatigue n'existait pas, seule la sensation de plaisir et de sérénité demeurait.

J'ignorais le regard des autres car je ne pensais pas être là pour m'exhiber. Cependant, quand je découvrais l'attention qui m'était prêtée, je m'émoustillais. C'était un véritable pied de nez aux blondes et aux séductrices de la nuit.

Les rebelles pouvaient affirmer que toutes les soirées se ressemblaient, pourtant, même si cela était vrai, il arrivait parfois, lorsqu'on s'y attendait le moins, que quelque chose de bien, de presque merveilleux, survienne tout à coup. Ce genre de surprise paraissait tellement positif, comme s'il laissait deviner un changement radical dans une vie, c'est-à-dire passer de l'enfer au paradis. Le messie ouvrant les grands horizons, éclaircissant l'environnement truffé de nuages, s'appelait John Schwein.

Il mesurait un mètre soixante-quinze, et derrière ses cheveux bruns parsemés de gris, il portait plus de trente-huit ans d'existence vouée au spectacle. C'était un enfant prodige qui jouait du piano depuis l'âge de cinq ans, un véritable virtuose promu à une belle carrière. Et malheureusement, à la veille d'un concours qui devait consacrer son talent, il se cassa le bras. Il préféra dès lors tourner son existence vers les autres en produisant des stars. N'était-ce pas admirable, cette attitude tellement altruiste que je ne saurai adopter ? Son dernier exploit, c'était de rendre célèbre un mannequin allemand, une grande blonde très idiote qui ne connaissait que ses mensurations, venant d'un milieu bourgeois, malgré ses dents de cheval et ses bonnes petites joues qui lui donnaient une allure de fermière. Il fit de cette ingénue une femme riche et célèbre en la rendant légèrement plus intelligente.

J'ai eu l'honneur ce soir-là de croiser la route d'un grand personnage, alors que je ne l'avais pas remarqué. Ce sont les personnes sortant de l'ombre qui peuvent transformer votre existence, en la dirigeant vers la lumière. Ce soir-là, John Schwein se tenait en face de moi, devant le bar de cette discothèque, car mon palais déshydraté désirait une substance appropriée. J'étais à deux doigts de l'ignorer, j'aurais même pu l'éviter. Ses habits sombres – une veste noire et un pantalon de la même couleur –se confondaient avec la partie obscure de cette salle, où les lumières colorées ne balayaient que certaines parcelles.

Je n'étais habituée qu'au son de la musique et, brusquement, j'entendis une voix posée, parfaitement audible, émanant de cet individu dont j'avais peu remarqué la présence.

« Tu danses bien, tu sais, tu pourrais aller loin. C'est sûr, avec un physique comme le tien, cela pourrait marcher. »

D'ordinaire, une phrase balancée de cette manière prêterait à une interprétation négative, une moquerie. Peut-être parce qu'il faisait nuit, que j'étais ailleurs, que le bruit m'envahissait, ou que c'était le genre de phrase que je n'avais jamais entendu, je fus convaincue. Convaincue de sa sincérité, convaincue que quelque chose d'extraordinaire m'arriverait. Il déposa sa carte de visite. C'était écrit : « John Schwein, impresario ». Cela paraissait sérieux, cela signifiait que quelque chose d'incroyable était arrivé. On m'avait remarquée !

La discussion fut courte et, déjà, le rendez-vous fut pris lundi après le travail. Je rentrai juste après à la maison, incapable de danser davantage, je préférai méditer en silence sur les événements.

Je me souviendrai toute ma vie de ce moment. C'était une belle journée, le soleil brillait et l'enthousiasme me gagnait progressivement. L'ouvrage journalier parut long et les prémices d'un feu d'artifice. J'attendais avec anxiété l'instant fatidique. La fébrilité m'envahissait alors que je partais en direction du bar. Le soleil était encore présent et nous étions tous les deux à l'heure. Assise face à lui, je pensais que tout allait changer, même si je demeurais la simple employée qui avait terminé sa journée. J'aurais pu mourir maintenant avec toutes ces belles promesses d'avenir car les ailes de la liberté poussaient et je sentais que je m'envolais vers les désirs et les rêves en pleine harmonie. Tout défilait à ce moment-là et tout s'arrêta.

J'avais placé ma confiance en John et, en échange, je deviendrais célèbre. Voilà enfin un but lucratif pour ma banale existence. J'imaginais d'avance les mines désabusées de mes anciennes copines de lycée et de mes rivales, ainsi que les hommes, jeunes et beaux, qui commenceraient à me regarder davantage. Et là, je connaîtrais le nirvana…

John agit alors comme un coach. Sans cesse, il me motiva, il fallait que je suive à la lettre ses instructions. Pour commencer, je devais perdre du poids. Paniquée, désespérée, et pensant que je ne réussirais pas à relever ce défi impossible, John me rassura : il m'octroierait des pilules et des boissons magiques censées favoriser mon régime. Tous les jours, après le travail, il m'entraînait dans une salle de gym. Ce qui apparaissait comme un loisir ou plutôt un projet hors de ma vie professionnelle officielle prit alors de l'ampleur. Je passais régulièrement entre les mains d'esthéticiennes. Au début, je travaillais de nuit, j'étais go-go danseuse dans plusieurs boîtes de nuit suisses. Mon secteur ne se limitait pas à la ville de Genève. Ce rythme de vie commença à me fatiguer, bien que John me gavait de produits énergétiques destinés à compenser la baisse de forme occasionnée par la quasi-absence de calories ingurgitées dans ce régime. Sur le conseil de John, j'arrêtai de travailler la journée pour pouvoir consacrer plus de temps à l'entretien de la nouvelle personne que j'incarnais. Ainsi, même si je dormais peu, après avoir bien bougé, comme une reine de la nuit, subi l'overdose de fumée quotidienne et la présence nuisible de mâles saouls, j'entretenais mon corps le lendemain, j'y portais tout mon intérêt.

Au fond, à cette époque, je n'étais qu'un corps. Tout était fait pour que j'apparaisse sur les photos comme une créature merveilleuse, enchanteresse, à laquelle les agences de relations publiques prêtaient attention. John connaissait beaucoup de personnes, j'étais inscrite dans une agence de mannequins qui me proposait des représentations dans des boîtes de nuit et des séances photos pour des catalogues.

Cette étape avait permis de m'ouvrir des portes sur un univers inconnu et convoité. J'ignorais que je pouvais atteindre ce royaume situé sur des hauteurs impressionnantes. Je prenais la route qui menait à ce royaume dans un taxi et, bien qu'euphorique, je percevais quelques traces de doutes et de souffrances. Quand on s'embarque pour l'inconnu, on se pince toujours les lèvres en se demandant : qu'est-ce qui va se passer ? Ai-je fait le bon choix ? A chaque fois, on se retrouve dans une situation où deux éléments nous semblent plus ou moins perceptibles : notre point de départ, et le lieu d'arrivée, qui nous signifie que l'on expérimente quelque chose d'opposé à l'endroit d'où l'on vient.

On pense que tout changera, que tout sera plus merveilleux, car si cela est faux, il faut rester chez soi. Quand je pris la route pour le royaume, je ne songeai qu'à un oasis de bonheur à l'arrivée, repoussant toute idée de mauvais piège ou de retour. Et peut-être que je me trompais.

J'avais connu un monde gouverné par la perfection, le culte du corps, l'apparence. Je devais parader comme une reine, la tête haute, la silhouette formant une figure maîtrisée, sans courbes débordantes, ni cheveux emmêlés. Ma peau devait être pure et dénaturée par un maquillage irréprochable. Il régnait sans cesse un climat de concurrence pour atteindre un idéal physique aliéné par la chirurgie esthétique qui éclipsait la perfection morale. Nous appartenions à un monde de statues. Cette quête de perfection rendait inhumain.

Mes yeux gris-bleu dégueux devenaient deux océans mystérieux soulignés par du crayon khôl noir. Ma peau prenait la couleur d'une dune de sable, ainsi matifiée de beige, harmonieuse et dénuée d'imperfections. Mes cheveux châtain foncé s'illuminèrent de reflets dorés et roux, comme des feuilles d'automne. Mon sourire paraissait parfait, mes grandes lèvres épaisses n'envahissaient pas tout mon faciès.

Je devins alors obsédée par l'apparence, la mienne et celle des autres. Le monde se divisait en deux groupes : les beaux et les laids. Je désirais à tout prix rester dans la première catégorie après avoir été enfermée dans la deuxième, cette geôle craignos. Qu'importe si la cupidité et la stupidité m'enveloppaient de plus en plus, au moins, je possédais des atouts enviables. Je ne réalisais pas ma folie ; s'arrêter, c'était tomber.

L'unique chose que je contrôlais, c'était mon compte en banque, tout simplement parce que j'aimais l'argent et que je rêvais secrètement d'atteindre un jour une somme plus élevée que le patrimoine de mes parents. Ce jour-là, ils commenceraient enfin à se préoccuper de ma personne – surtout papa –, à me regarder avec admiration et jalousie, au moins, cela les ferait réagir. Pour une idiote camée, j'avais au moins un bon réflexe.

J'avais toujours voulu devenir top model. Avec mes copines, on collectionnait les magazines parlant des stars des défilés. Leur vie paraissait tellement palpitante, tellement remplie. Elles avaient tout ! La beauté, l'argent, la célébrité. Elles défilaient pour les plus grands créateurs, vêtues de magnifiques vêtements, elles donnaient des interviews, faisaient les couvertures, vivaient dans des palaces et fréquentaient de beaux chanteurs et acteurs, la crème de la gent masculine. En dehors de cet emploi, j'aurais pu devenir chanteuse ou actrice. Rien d'autre. Seuls ces trois métiers demeuraient gratifiants et flatteurs. Je ne désirais pas travailler huit heures par jour dans une entreprise où je subirais les humeurs d'un patron, les rumeurs des collègues, le tout pour un salaire ridicule dans le plus total anonymat. Pourtant, c'est ce que je faisais avant cela pour survivre, et heureusement ce temps-là, celui de la galère, était terminé. De toute manière, même certaines stars comme Madonna avaient connu ce genre de déboires.

Les hommes ne s'intéressent qu'aux top models, pas aux intellectuelles. Qu'apporte une femme intelligente ? Rien. L'homme veut une femme sexy, la société glorifie les mannequins, pas les femmes intelligentes, relayées aux rôles de grincheuses de service. J'étais idiote, mais sexy, cela m'ouvrait toutes les portes, aucun homme ne se sentirait dévalorisé avec moi. Il y avait aussi les filles sexy qui voulaient croire et faire croire qu'elles étaient intelligentes. A force de revendiquer des bêtises, celles-là finissaient par attirer l'antipathie et le dédain de la part de tout le monde.

Grignotée par l'ambition, je suivais à la lettre les préceptes de John Schwein. A mesure que les doses augmentaient et que mon corps mincissait, je devenais à la fois plus demandée et plus à côté de la réalité, une sorte de zombie. Je ne me souvenais plus de ce que j'avais fait dans une journée, que je confondais avec la nuit, et je me couchais à des heures différentes tous les jours. J'avais posé pour des publicités et des catalogues, en Suisse, en France et parfois même en Italie. Je ne réalisais pas tout cela car mon temps se partageait entre les studios où l'on me photographiait, mon lit et une salle de gym.

Je ne pouvais me remémorer ce qui s'était passé. On m'obligeait toujours à suivre un régime draconien, et quand la faim me tenaillait au point de crier, on me calmait d'une pilule qui me procurait des sensations bizarres. Tout ce qui me restait des voyages, c'était la vue des aéroports, les trajets qui duraient des heures et des heures, durant lesquelles je dormais, abrutie par les médicaments. Mon âme, mon corps, je ne les sentais plus. Je sombrais quotidiennement dans un coma vivant où l'on me sollicitait en me promettant monts et merveilles, mais rien de fantastique n'émanait de moi. Ainsi transformée, j'allais enfin être remarquée, admirée, aimée. Poupée soumise entre de mauvaises mains, je paraissais enfin m'aimer. En réalité, je provoquais le mal-être en échangeant la partie la plus détestable de moi-même contre un calvaire que je m'infligeais.

En ce qui concernait ma vie privée, je ne désirais qu'une chose : rencontrer un acteur célèbre et vivre une histoire d'amour et d'eau fraîche avec lui, comme cela je resterais dans ma catégorie, le bonheur en plus. Ceux qui ne correspondaient pas à ce profil paraissaient minables. Ainsi, lors d'une séance photo dans un studio à Montreux, je croisai un jeune homme, ancien membre d'un groupe de rock espagnol qui tentait une reconversion en qualité de chanteur solo. Ce jour-là, il effectuait un shooting dans une salle voisine. Peut-être devait-il être shooté à la snouf, en tout cas, il avait flashé sur moi. En réalité, je découvris que sa drogue, c'était la poésie, les sentiments, tout ce qui était rose bonbon, joli et gentil, etc…

Je ne savais pas ce qui s'était passé dans sa tête, mais j'avais senti qu'il ne voulait plus me lâcher. Quelle ironie ! Moi, naguère si laide, si repoussante, j'attirais un allumé, un artiste quelque peu déjanté. Enfin, c'était mon opinion à l'époque. Il était connu et ses fans ressemblaient à des hystériques en mal de proie masculine, elles se mariaient parfaitement avec lui. J'avais ressenti cela par rapport à sa manière de penser et d'aimer. Il paraissait timide, cependant l'amour saccadait son attitude : tantôt silencieux, dans son coin, tantôt expansif. Il me regardait, me parlait, et m'envoyait tout ce qu'un homme n'aurait jamais été capable de faire – sauf mon acteur de cinéma chéri –, enfin je supposais. C'était un fou, mignon et célèbre, et moi, arrogante, je désirais plus.

Je le prenais et je le jetais, c'était mon jouet. Un refus définitif aurait terni mon image et même si cela se produisait dans l'intimité, il ne se laissait pas démonter. Fleurs, lettres d'amour enflammées, il se déchaînait en étalant ses sentiments, les laissant couler de partout, tacher tout l'environnement, le mien, le sien, sans aucune limite. Et moi, j'y étais totalement insensible car je ne les partageais pas et parce que j'ignorais ce qu'il ressentait car je n'avais jamais expérimenté cela. De plus, mon état de santé me privait de conscience et je demeurais incapable de faire quoique ce soit, j'avais besoin d'être assistée. Vraiment, je ne désirais pas lui ressembler, ni éprouver ce qu'il avait en lui parce que cela me paraissait ingénu et désespéré, plus proche du malheur qu'autre chose, cette chose oppressante qui le prenait et compliquait tout. J'aurais peut-être dû céder, histoire de voir ce qu'il valait au lit. Le pire, c'était que je croyais que je ne l'avais pas fait, en réalité, j'ignorais si c'était vrai ou pas.

Bien qu'à cette époque, je ne me souvienne pas de tout, je pouvais être sûre d'une chose : j'avais bien eu un bon nombre d'amants. L'un d'eux m'avait marquée. Je savais qu'il venait d'un autre pays, je ne remémorais pas les autres détails, tellement cela paraissait étrange, pas même son prénom. En tout cas j'avais gardé de lui un surnom ironique : « Va chercher bonheur ailleurs ».

Mine de rien, cela constituait un bon moyen mnémotechnique pour le distinguer des autres, en dépit de ses baratins. Il s'était présenté à moi comme un éternel célibataire. La vérité apparaissait plus complexe et incompréhensible, mais totalement opposée à sa version. C'était un perpétuel séducteur, il aurait dû en faire sa profession. Apparemment, il me voulait. Jusqu'à quel point ?

Je demeurais au départ fidèle à moi-même : sélective, cupide, attirée seulement par des beaux acteurs. Lui ne l'était pas… professionnellement, mais dans la vie de tous les jours. A tel point que je n'avais toujours pas cerné sa profession. Vendeur ? Plutôt conseiller en assurances. Cependant, il agissait comme s'il voulait me vendre quelque chose, quelque chose qu'il fallait payer très cher puisqu'il faisait comme s'il marchait sur des œufs. Me vendre une soirée chez lui ? Son corps ? Avec en plus de l'insatisfaction ?

En tout cas, il mettait le paquet et semblait tellement lancé que rien ne pouvait l'arrêter. C'est bien connu, lorsqu'un produit n'est pas fameux, on doit faire plus d'efforts pour convaincre. Lui, sûrement se sentait moche pour être obsédé par le fait de séduire tout le monde. Eh oui, cela devenait systématique : les serveuses, les vendeuses des boutiques, il voulait toutes les convaincre que c'était lui le meilleur.

J'avais moi aussi désiré plaire ardemment à ma manière mais l'expérience m'avait montré plus tard qu'il fallait surtout que je me plaise à moi-même et que j'élimine certaines obsessions. Entre Va chercher bonheur ailleurs et moi, cela semblait être une relation où je ne le voyais que dans un cadre précis, à savoir séduction, échanges physiques, au revoir, échanges courtois. Je ne l'aurais vu et connu que sous cet angle-là : sorties, mine désespérée du célibataire esseulé, flirt, sexe et tout le mystère qui entourait cela.

Une nuit, je fis un rêve étrange. Je me rendis à son domicile car il y avait une fête dont il m'avait parlé quelques mois auparavant. Cela semblait faux car dans son pays on ne prévoyait rien à l'avance mais mes rêves se remplissaient d'hypocrisie. Il y avait un interphone. Je ne prononçai aucun mot et j'entendis sa voix grave prononcer dans un anglais parfait:
« You can come. »
Il était doué pour les langues. Apparemment il ignorait que c'était moi, la Française, qui venait. Il laissa la porte ouverte. Gros plan sur son visage, comme dans les films. C'était bien lui. Il paraissait

étonné de ma présence, je me justifiai en lui rappelant qu'il m'avait informée de la fête qu'il avait organisée, etc.

Cependant, il n'y avait personne. Cela paraissait illogique et, dans ce contexte-là, tout semblait direct. On pourrait croire que les invités n'étaient pas encore arrivés, ce n'était pas cela, mais une arnaque. Dès le début j'aurais dû la flairer en me focalisant sur le fait qu'il avait agi de manière inhabituelle. En réalité c'était une prise de conscience, il m'avait menti. Oui, ce rêve révéla de manière plus claire la vérité. Va chercher bonheur ailleurs tenait à demeurer l'unique maître de cette relation et à ne pas être manipulé selon mes besoins mais selon les siens. Les rencontres se déroulaient sur le terrain qu'il avait choisi, avec seulement les actes qu'il avait prémédités. Bien entendu, il masquait cette réalité en laissant croire que je menais la danse. On pouvait jouer longtemps à ce jeu-là, un jour ou l'autre, le rideau finirait par tomber brutalement.

Et il tomba, de manière plutôt glamour. Un jour, avec une amie, je désirai me prélasser dans le jacuzzi d'un fitness situé au centre-ville. Quelle ne fut pas ma surprise de le voir ici, bien accompagné, d'une brune svelte comme les machos aiment, mais qui semblait gentille, innocente, coupable et rebelle. J'ignorais pourquoi, il n'y avait chez cette fille que du paradoxe. Je n'aurais pas dû être étonnée, un lieu aussi sensuel qu'un jacuzzi plaisait à monsieur, et puis il n'avait rien d'un ange, alors lui avec une autre fille…

Bien entendu, Va chercher bonheur ailleurs avait prévu cette situation-là, il ne se cachait pas. Il fit les présentations avec décontraction :
« Tamara, ma femme.
— Future femme, » corrigea-t-elle.
Son intervention parut violente. Le choc : elle l'avait contredit, lui, le monsieur si sûr. Sa réaction à elle semblait affirmée et non pas hystérique.

Elle portait effectivement une bague de fiançailles, un gros diamant entouré de non moins gros saphirs. Celle-ci était extrêmement voyante, surtout sur une femme maigre en bikini bleu. Ce qu'elle avait répliqué confirma ma première impression sur elle : elle était bizarre.
J'appris plus tard la vérité. Ils vivaient ensemble mais elle pensait être lesbienne. Une autre femme, cent pour cent lesbienne, vivait partiellement sous le même toit. Elle paraissait assumer cela mais elle se posait des questions. Lui faisait semblant d'accepter, mais la situation le dérangeait. Il était jaloux et déstabilisé, aussi il tentait de remédier à cela en allant voir ailleurs. En vain. Il avait beau satisfaire pleinement sa libido, regonfler son ego à chaque conquête, cela n'effaçait pas l'affront fait par une femme, qui possédait, elle aussi, la femme de sa vie. C'était ainsi qu'il ressentait cela tout au fond de son être, et cela je l'ai su plus tard, quand j'eus appris à lire dans l'âme des gens. Il peinait à concevoir l'homosexualité, surtout celle de Tamara. Il pensait

qu'être séduisant, attentif et bon amant suffisait à la combler.

J'apparaissais comme un témoin éloigné et pourtant j'eus l'occasion de me rapprocher d'eux. Et ce, directement, depuis cette entrevue surprise. Lui ne prévoyait rien, elle prévoyait tout et il s'inclinait tellement qu'il se laissait tomber. Ils avaient une maison dans le sud de la France et ils m'avaient invitée à passer le week-end. Surtout elle, en fait. Se doutait-elle que j'avais été sa maîtresse ? Je le pense, mais cela ne semblait nullement la déranger. J'aurais pu refuser en justifiant le fait de me trouver dans une situation gênante. Il avait beau le cacher et vouloir faire croire le contraire, il désirait maîtriser cette situation déstabilisante. Va chercher bonheur finissait par manquer de naturel.

Je sentais que cela le dérangerait de coucher avec moi sous le même toit que sa femme ; malgré tout, de son éducation, il avait conservé un bout de moralité. Après tout, la société a toujours toléré les écarts provenant des hommes, ce qui diminuait leur sentiment de culpabilité. L'infidélité, ce n'était pas si dramatique, du moment qu'elle restait hétérosexuelle. A la limite il aurait pu lui proférer des menaces du style si tu ne quittes pas cette fille je couche avec Nicki. Malgré tout, il n'était pas pervers, sa mère l'avait bien éduqué. L'usine à fantasme existait chez lui, mais demeurait plus ou moins classique, rien à voir avec les dérives actuelles. Il aurait bien couché avec Tamara et sa copine, mais les hommes regardaient trop de films pornos débiles : une véritable lesbienne n'incluait jamais un homme dans sa sexualité. Comme d'habitude, je m'embarquai dans l'aventure en acceptant de partir avec eux. C'était idiot mais je ne paraissais pas futée avec mes substances. Cela arrangeait John Schwein qui avait besoin de respirer au moins durant un week-end. Nous avions pris un avion pour Nice puis loué une voiture. Je me retrouvai sur la banquette arrière avec la lesbienne qui, heureusement, avait gardé ses distances. La maison semblait petite mais charmante et confortable, de style provençal. C'était tout ce dont je me souvenais, vu que je prenais mes substances aussi le week-end afin de rester mince et en pleine forme.

Va chercher bonheur ailleurs se trouvait vraiment dans un gazon maudit. Il faisait chaud à Saint Raphaël, trop chaud pour bouger beaucoup. Une sortie au restaurant et le marché constituaient nos uniques déplacements. Tamara vivait en maillot de bain, facile quand on est mince et sans cellulite. Sa copine homo, Johanna, une rousse incandescente, ne se gênait pas pour la tripoter, même lorsqu'il était là. Cela devenait un sujet de dispute et il essayait de rendre les armes pour l'harmonie de son couple, qu'il essayait désespérément de préserver. J'avais été claire avec lui : pas question qu'il m'utilise pour faire du chantage à Tamara. Immorale je pouvais l'être, mais pas exhibitionniste. Je ressentais la perversité de la situation, car je n'étais pas habituée à l'homosexualité, surtout lorsqu'un homme aussi viril que Va chercher bonheur ailleurs s'y trouvait mêlé. Dans le fond, il devait l'avoir cherché. A force, le jeu de la séduction se voulait pervers, il était tombé dans cette perversité qui l'avait entraîné dans cette situation. Lui, le mâle, avait cru qu'il pouvait fièrement tirer ses épingles du jeu, et cela aurait été possible si elle avait cédé à ses avances. Les hommes resteront éternellement des enfants : ils ne veulent voir que ce qu'ils veulent voir, feignant d'ignorer un vrai élément perturbateur dans l'univers qu'il avait construit en pensant que rien ne s'effondrerait, que c'était du solide. On ne pouvait avoir le beurre et l'argent du beurre.

La tolérance de Tamara envers ses relations
« extraconjugales » pouvait se présenter comme un
cadeau pour tout homme. Il avait sûrement dû penser
cela au début, croyant encore plus à ce couple
merveilleusement libre qu'il formait avec elle.
Cependant, on est ce qu'on est, toute nouvelle
expérience le confirme même lorsque l'on dépasse
nos propres limites, il suffit de s'imprégner des
sensations exhalées pour savoir si on n'y adhère ou
pas. A un certain point, au bout d'un certain temps,
on peut vraiment s'en rendre compte. Va chercher
bonheur ailleurs avait beau mettre dans son lit toutes
les femmes de Genève, Tamara resterait avec
Johanna, il se sentirait toujours démangé par cette
situation, sans aucun remède efficace. Les choses ne
changeraient pas, les menaces ne mèneraient qu'à des
querelles sans fin, débouchant un jour sur la
dissolution du couple. Un instant, il s'était même
demandé si le fait de devenir lui aussi homosexuel
ferait réagir Tamara, mais il avait des limites et une
sexualité officiellement affirmée.

En passant ce week-end avec eux j'avais
l'impression d'être mêlée à leurs histoires du fait
qu'ils ne cachaient rien. Au point que je me
demandais si j'allais rentrer à Genève lesbienne ou
hétérosexuelle, ou même dégoûtée par le sexe.
Johanna avait remarqué ma distance vis-à-vis de leur
homosexualité et s'étonnait que je ne m'amuse pas
avec Va chercher bonheur ailleurs. Je lui répondis que
je n'en avais pas envie, que je n'étais pas sa copine et
qu'il n'avait qu'à aller voir ailleurs. Elle embrassa

goulûment Tamara, puis me demanda si je voulais essayer. J'hésitais. Je ne l'avais jamais fait, je me posais des questions. Comme je n'ai jamais été du genre à détaler, j'avais accepté. De loin, cela ressemblait à un baiser normal, du point de vue technique, sauf que là, cela venait d'une femme, et cela avait un autre goût, une autre odeur, au point même que j'avais l'impression que j'embrassais… ma mère. Berk ! Ce n'était pas mon truc, cela manquait… de virilité.

Tamara avait assisté à la scène. Visiblement, elle acceptait cela, se doutant que je n'allais pas apprécier. C'était agaçant cette attitude. J'ai toujours pensé que seules les pestes perverses pouvaient demeurer cools dans toutes les situations. Elle était vraiment sûre d'elle, il y avait de quoi avec un homme qui s'accrochait à elle comme un petit chien à sa maîtresse. Elle se présentait comme quelqu'un d'ouvert et sans limite, et cela au détriment des autres. Dans cette situation, Va chercher bonheur ailleurs parut sous un autre visage, moins séduisant, limite ridicule. Il perdait de sa splendeur en se soumettant au lieu de prendre la poudre d'escampette, ce qu'aurait fait un homme. Il se croyait malin et intelligent, je le voyais désespéré. Lui qui venait d'un pays chaud ressemblait à une pierre froide au milieu d'un volcan, car la chaleur en cette période et l'incandescence des deux lesbiennes contrastaient terriblement avec lui.

Dans le fond, Tamara était égoïste, Johanna provocatrice. La deuxième ne supporterait pas longtemps Va chercher bonheur ailleurs et la jalousie finirait par la gagner. Tamara faisait mine d'être aveugle et à l'abri de tous problèmes. C'était le genre de personne à ne pas s'en faire et à se croire au-dessus de tout. Non, elle ne sera jamais malade, ne mourra jamais dans un attentat, ne sera jamais délaissée par quiconque. Bien entendu le tableau ne demeurait pas si lisse, si parfait.

Tamara buvait énormément, ce qui aidait à fermer les yeux sur les problèmes et à rester décontractée. On savait que l'alcool contenait beaucoup de sucre et faisait grossir, pourtant, elle restait mince. Peut-être qu'elle évacuait tout cela aux toilettes. Va chercher bonheur ailleurs buvait quand ils étaient ensemble, ce n'était pas un alcoolique mais disons qu'il avait besoin de noyer un peu sa jalousie là-dedans. Les hommes aiment bien les filles qui boivent beaucoup, ainsi eux-mêmes peuvent céder à leur vice sans se faire critiquer mais au contraire encourager par leur partenaire. C'est plus facile de rester fort avec un verre dans le nez, surtout pour les hommes qui boivent et fument pour surmonter leurs problèmes, tandis que les femmes se rabattent sur l'alimentation... d'ailleurs je me demandais si Tamara n'était pas anorexique, elle faisait mine de grignoter devant moi – peut-être pour me narguer façon « moi, je mange, et je suis mince, et pas toi » – mais sa manière de le faire manquait de crédibilité. Peut-être qu'elle se faisait vomir, mais cela paraissait repoussant, car le goût et l'odeur du vomi n'ont jamais été très glamours. Bien entendu, Tamara tenait à jouer à la bonne copine de service ; j'aurais voulu y croire, mais du fait de ses provocations, je n'étais pas dupe.

J'ignorais pourquoi, mais j'avais envie de retrouver Va chercher bonheur ailleurs seul à seul et de lui dire simplement :

« Je ne veux plus te voir. »

Juste cette phrase-là. Sans appel. Que cela puisse le casser, je n'en avais rien à faire, je le trouvais encombrant alors qu'il ne m'encombrait pas, il n'était pas méchant mais pas assez à ma hauteur. Cela ne m'intéressait pas, ses démêlés avec sa future femme, il aurait mieux fait de me le dire d'abord. Je ne voulais pas qu'il vienne pour pleurer sur son sort, et le voir ainsi pitoyable. Cela faisait tache avec l'univers qui m'intéressait. Il ferait mieux de s'effondrer parce que je ne voulais plus le voir. Il aurait beau argumenter sur notre soi-disant amitié, c'était erroné. Il m'avait menti et il pouvait aller chercher bonheur ailleurs avec ses mensonges. Rester avec lui, le voir, c'était pour moi faire du social et il n'y avait pas écrit Mère Thérésa sur mon front. Les mères devraient tout expliquer à leurs fils, leur dire d'être un homme, de ne pas mentir à une femme, d'agir en pensant avec sa tête et non pas avec son entrejambe. Toute mère qui manquerait à cela se trouverait responsable des dégâts causés par leur fils.

Je revis plusieurs fois de suite Tamara aux Bains des Pâquis, où elle investissait les lieux tout l'été. Toujours en maillot de bain, bien entendu, et entourée de sa cour. Johanna en tête, mais aussi des amies, cupides, bébêtes et aussi minces qu'elle. Le clan des anorexiques arrogantes, quoi. Vous pesez un gramme de plus qu'elles, vous passez devant elles, elles vous fustigent du regard. Vous n'avez pas votre place auprès d'elles, ouste !!! Frayez-vous un coin, ou bien retrouvez-vous dans le coin des fumeurs de pétard pour vous consoler. A croire qu'elles étaient les propriétaires des mètres carrés qu'elles occupaient. Elles y demeuraient du matin au soir, à refaire le monde, à minauder. Pas question de briser cet ordre, surtout le dimanche, jour des rencontres entre usagers assidus des Bains des Pâquis où la loi de l'ancienneté régnait. Tout le monde se connaissait et gare à la petite nouvelle qui squattait la place des habitués.

Après cette abominable histoire – si on pouvait la qualifier d'histoire, j'aurais dit mauvaise aventure – j'avais besoin de me ressourcer, de me rassurer. Fréquentant continuellement les salles de gym pour rester mince, je croisais quelques adeptes du muscle dont Mango, professeur de fitness. Celui-là pouvait peut-être, durant un petit moment, me faire oublier ma déception face à la faiblesse de l'homme. Lui pouvait peut-être me prouver que les hommes, les vrais, existaient. Quelques risettes, une heure à transpirer, je l'avais repéré. C'était peut-être réciproque, enfin, il devait bien voir si je m'appliquais à effectuer les bons mouvements. A la fin, en nage, j'hésitai à l'aborder afin de lui exposer ma requête. Réellement motivée par l'envie de passer à autre chose, j'eus une idée brillante : aller droit au but un autre jour, où je serais plus à mon avantage. Quelques jours plus tard, au lieu de me rendre à son autre cours, abdos fessiers, j'arrivai fraîche et pimpante à la fin de la séance. Toutes les filles partaient, crevées, lessivées, transpirantes et puantes. Je m'approchai et j'attaquai :

« Oh, je suis arrivée en retard ! Je voulais vraiment assister au cours, mais voilà, j'étais en pleine séance photo, je suis mannequin alors on travaille beaucoup, il n'y aurait pas moyen que vous me donniez un cours privé de rattrapage ? »

J'avais parsemé cela de sourires et surtout d'une mine implorante genre je suis une pauvre petite fille perdue, cela marche bien avec les machos. Il céda et m'emmena dans un bar. En fait il n'avait pas grand-chose à me raconter, mis à part sa vie passionnante dans son fitness et ses prétendues

philosophies à deux balles cinquante. Un vrai
égocentrique.

Il se croyait intéressant et profond, il était
aussi spirituel qu'une serpillière, et encore, c'était ce
que je croyais : une serpillière nettoyait, lui ne
m'avait rien nettoyé du tout. Je préférais qu'il se taise
et qu'il m'embrasse car cela aurait été plus utile, plus
malin et plus constructif. Mais non. Un coup de pied
dans son popotin bien moulé ne lui aurait pas fait de
mal. Ce n'était pas le genre à embrasser en public ?
Mais pourquoi un garçon pas trop mal agissait comme
cela ? Un timide peut-être ? Que nenni, il voulait
laisser la possibilité aux autres filles de fantasmer sur
lui, comme le faisaient les chanteurs qui se
prétendaient célibataires. Sauf que moi, j'avais connu
des artistes et ils étaient plus intéressants. Oui
j'aimais cela, les VIP, les célébrités Oui je le
reconnaissais, en voulant coucher avec un prof de
fitness, je tombais bien bas. Mais quand il y avait
famine, il valait mieux puiser dans les réserves même
si elles ne paraissaient guère fameuses. Il jouait au
séducteur séduisant, il ne l'était pas, sinon il n'aurait
pas négligé l'importance des odeurs ; son déodorant
ne fonctionnait pas ou bien il ne s'en vaporisait pas.
Un vrai champion, une belle tête de vainqueur. Enfin,
c'était ce qu'il prétendait être. THE homme. Alors là,
j'avais tout pour oublier les déceptions occasionnées
par Va chercher bonheur ailleurs et pour être rassurée
sur la gent masculine.

« Il faut être à fond », ne cessait-il de répéter.

Et il l'était. Oui, lui allait vraiment à fond dans ce qu'il faisait : il fonçait, à fond, les yeux fermés dans l'acte avec moi, sans s'arrêter et surtout sans se préoccuper de mon plaisir. A fond dans son manque d'attention vis-à-vis de moi, de mes réactions. A fond dans la puanteur qui augmentait au fur et à mesure qu'il s'agitait. A fond dans sa laideur qu'il croyait belle. A fond dans ses convictions d'idiot.

Mango s'avérait être un vrai pot de colle en plus d'être narcissique. Il se prenait pour un étalon, alors que ce n'était qu'un poney. Pourquoi cet animal-là pour le désigner ? Parce qu'il s'était tatoué cela juste au-dessus de son entrejambe, une erreur de jeunesse découlant d'une journée de beuverie, où, mi-aveugle, il choisit le motif d'un poney bleu, tiré du dessin animé des années quatre-vingt « Mon petit poney » au lieu de l'étalon qu'il avait toujours voulu se faire tatouer. Il s'identifiait à un étalon, il était réellement un poney, jeune, fougueux, essayant de tenir sur ses pattes et de foncer droit dans le tas pour mieux tomber et se prendre une porte sur la figure. Oui c'était vraiment ce genre-là, et avec le nez qui enlaidissait son visage – son nez présentait une forme bizarre – Mango le poney avait dû se prendre beaucoup de portes dans la figure. Cela demeurait bien fâcheux : lorsque l'on se cogne à une porte une fois, on fait attention à ce que cela ne se reproduise pas une seconde fois. Pas avec Mango. Une fois, deux fois, trois fois…

Le pauvre, il allait devenir défiguré !

Mango avait désiré m'en mettre plein la vue avec sa superbe grosse voiture. Mais comment avait-il pu l'acquérir ? Sûrement pas en plaçant ses économies en bourse, il ne comprenait rien à cela – ni rien à la vie d'ailleurs – son quotient intellectuel n'atteignait pas la hauteur de celui d'une bimbo idiote. L'avait-il volé ? Sa mère ne lui avait pas appris que c'était mal ? Elle aurait déjà dû lui enseigner l'art d'éviter les portes et les poteaux. Peut-être qu'elle ne l'aimait pas. Peut-être qu'il se cognait sans arrêt pour jouer à Calimero devant les filles. J'appris plus tard qu'il avait financé sa voiture en se prostituant. Je devais m'estimer chanceuse d'avoir couché avec lui gratos bien qu'il ne m'ait pas satisfaite, car si même sa nullité se marchandait...

Dans le chapitre nullité, j'inclurai sa voix gnangnante. A chaque fois qu'il parlait, son visage entier grimaçait. Il s'enlaidissait, il n'y avait rien à faire, quand il se lançait dans une conversation, il ne s'arrêtait pas, s'enfonçant dans une catastrophe pour son apparence, le trophée de son ego. Pour résumer, il paraissait beau quand il se taisait et moche quand il parlait. Autant de bonnes raisons de ne pas le regretter. Le crétin m'avait remplacée avec une fausse blonde. Pauvre fille !

Néanmoins, en se comportant de manière médiocre, Mango devint une obsession. Je désirais plus que tout m'acharner sur lui, pour ce qu'il était, pour ce qu'il faisait subir aux filles. En réalité, c'était un bouc émissaire qui me servait de cible pour me venger des hommes. J'avais changé mon numéro de téléphone et déménagé pour me couvrir entre deux voyages. Je me retranchais dans le quartier de Plainpalais lorsque je vivais à Genève alors qu'il croyait que j'habitais toujours à la rue du Stand. Ainsi, il ne pouvait me trouver en cas de doute et de réclamation.

Comme il se croyait beau et puissant à travers son véhicule, j'avais décidé de massacrer son engin. Finie la déification ! Je savais où il parquait habituellement sa voiture. Je déposai dessus des graines pour attirer les pigeons, redoutables pour lâcher leurs excréments. Avec quelques pneus crevés, notre ingénu arriverait en retard et perdrait de sa splendeur devant les filles. Plus un sourire sur son visage, il demeurait trop énervé par ces situations inconfortables. Dommage que nous n'étions pas restés liés, j'aurais ainsi pu trafiquer sa balance, lui mettre des laxatifs dans son verre, etc…

Je m'étais bien acharnée, j'ignorais aussi que c'était le dernier homme que je fréquenterais lors de cette période au sommet, juste avant de disparaître dans l'oubli infini du désespoir.

Ce jour-là, j'étais encore partie loin, très loin et, comme d'habitude, j'ignorais où l'on m'emmenait. A la sortie de l'avion, exténuée, je devins un légume que mon agent traînait. L'accent américain m'éveilla par à-coups, puis je me rendormis. Je me réveillai dans la chambre d'hôtel, toute simple avec des murs blancs, et John Schwein à mes côtés :

« Ce soir, tu devras être énergique et danser du mieux que tu le peux.

—J'ai envie de manger quelque chose,», dis-je faiblement.

Puis, plus rien ; le sommeil avait dû gagner mon être malmené par toute cette mascarade.

Mes yeux s'ouvrirent. Le choc. J'étais allongée sur un canapé situé dans une pièce d'apparence sobre : des murs grisâtres qui m'entouraient, un bureau de couleur noire avec pour seul ornement un téléphone, une chaise de la même couleur rembourrée de cuir, un placard sombre.

Il arriva et m'expliqua :

« Fini de dormir ! On va te donner de quoi avoir de l'énergie pour toute la soirée. Tu vas faire ton show, n'oublie pas que tu vas te trouver devant la piste de danse de la boîte la plus branchée de L.A. avec des célébrités. »

Cela me fit l'effet d'un coup de marteau à la tête. Je rêvais ou vivais vraiment cela ? Moi à Los Angeles !

Le breuvage énergétique rouge me rendit émoustillée. J'enfilai un maillot de bain deux pièces, mon costume de scène, et une maquilleuse se chargea de moi. On coiffa mes cheveux fatigués qui devinrent alors une sublime chevelure. Lorsque je jetai un coup d'œil à la glace après le travail effectué, je fus surprise : l'image d'une autre personne se dessinait sur le miroir. Je ressemblais à une fille des couvertures de magazines, de la télévision, du cinéma. J'étais belle, irréprochable, parfaite. C'était bouleversant, tant de souffrances pour arriver à ce résultat afin d'éprouver enfin de l'amour-propre.

On me poussa vers une petite estrade arrondie, alors que les lumières demeuraient éteintes ; je ne percevais que le bruit de la foule, visiblement, cela devait être une soirée cotée. Ce soir-là, je me sentis comme une star, et je me laissai aller comme je le faisais avant, dans les boîtes en Suisse. Je dansais et la lumière passait sur moi comme une caresse, comme un signe de dévotion à la reine de la soirée : moi. L'ambiance battait son plein et je me trouvais dans une spirale qui tournait. Je me sentais bien et je continuais de danser, je ne voulais pas que cela s'arrête. Eblouir et m'éblouir sans regarder mon corps se dégrader. Je ne le contrôlais plus et après avoir effleuré ce que je souhaitais, au lieu de voir apparaître les portes du paradis, une fenêtre entrouverte sur l'enfer se dressa.

Tout pouvait commencer. Tout pouvait s'arrêter. Quelle horreur ! J'ignorais où je me trouvais. J'ignorais qui j'étais. Partir pour oublier ? Où ? Il n'y avait pas de refuge dans cette vie. Tout était fini. Je n'avais plus qu'à dévier comme d'habitude, juste pour disparaître. Tomber dans l'oubli car de toute manière tout le monde m'oubliera.

C'était tellement flagrant. D'abord l'émerveillement, les paillettes, et puis la vérité. A croire que l'on désirait tous briller pour faire un pied de nez à notre côté obscur, au fait que nous sommes tous mortels. On me droguait, je me soumettais, j'en redemandais. Mes nerfs devenaient esclaves de ces substances. Tantôt fatiguée, tantôt dynamique artificiellement. Je ne pouvais plus tenir dans ces conditions. Il fallait que je réagisse. Allais-je mourir de cette dégradation ou retomber après la gloire ?

Ma révolte fut impulsive. Je paraissais calme, mais ma lucidité fut soudaine. A l'aéroport, alors que nous devions retourner en Suisse, elle se réveilla partiellement puisque j'eus le réflexe de m'enfuir. Peut-être que John avait forcé la dose, car peu après ma prestation dans cette boîte de Los Angeles, je fus prise de vertiges et mon corps s'alimenta de douleurs. Sortir de cette chambre d'hôtel fut un supplice, j'avais dû passer la nuit comme cela avec un t-shirt et un jean, enfilés après m'être sentie frigorifiée, sans m'être lavée. Nous étions proches de l'aéroport, ce qui allégea la torture. Le fait d'être à jeun m'apporta un éclair de lucidité vu que je n'avais ingurgité aucun produit. C'était effrayant, car je réalisai que je me trouvais sur un territoire inconnu avec une personne qui m'utilisait comme un objet, au point de me faire souffrir. Je devais lui échapper, c'était la seule idée que je gardais en tête afin de retrouver ma liberté et le remède à ce mal-être omniprésent. Je désirais à tout prix redevenir normale et non pas rester une malade angoissée ambulante. Je paraissais tellement vulnérable et innocente que John Schwein ne se doutait pas de mes intentions.

A l'aéroport, j'avais demandé à John, l'air très faible, mon passeport « pour ne pas oublier de le présenter » et de l'argent « pour acheter des journaux » et j'ajoutai que je devais aller aux toilettes. Il s'exécuta avec une once de pitié légère et passagère. Je pris la direction des toilettes en l'observant discrètement. Il alluma une cigarette et composa un numéro sur son portable. L'homme pouvait difficilement exécuter deux tâches à la fois, son cerveau n'était pas assez fourni pour cela. Alors surveiller mes faits et gestes en plus relevait de l'impossible. C'était la bonne occasion.

J'avançai vers la première porte d'embarquement. Comment m'incruster sans billet ? Il fallait jouer la comédie le mieux possible. Je concentrai tout le peu de forces qui me restaient pour agir brillamment. Je pris l'air affolé, ce qui ne relevait pas du mensonge au vu de la situation. Je bousculai les gens.

« Pardon, pardon, j'étais dans l'avion, je suis ressortie chercher mon fils, vous ne l'avez pas vu ?

L'hôtesse ainsi que les personnes présentes tournèrent la tête de manière négative.

— Mon dieu, il doit être retourné dans l'avion, j'ai déjà été contrôlée, laissez-moi passer. »

Je pris une mine encore plus paniquée, limite désespérée.

« Mon fils, mon fils, il a peut-être été enlevé, je dois le voir. »

Le personnel voulait que je me calme, je me dirigeai sans m'arrêter en direction de l'avion. Une cohue de personnes s'avançait dans la même direction que moi, ce qui rendait la situation difficilement gérable pour le personnel. Ils ne pouvaient m'intercepter, surtout qu'après avoir pris de l'avance, je ralentis mon allure à l'entrée de l'avion et parus calme.

Je montai et je m'assis dans une place au fond. Je m'écroulai. J'avais trouvé la manière de frauder.

La société entretenait depuis toujours de la compassion envers les mères de famille, elles détenaient tous les droits, y compris celui de polluer la vie des gens avec leurs sales gosses mal élevés, prêts à abîmer les tympans des gens en criant, prêts à voler et agresser les autres. Personne ne se soucierait d'une jeune fille désespérée dans un état physique déplorable, en revanche, lorsqu'une mère s'agite pour son enfant, tout le monde se sent touché et concerné. J'ignorais la destination de cet avion, comme je dormais et que cela m'importait peu, cela représentait pour moi la destination de la liberté.

A l'arrivée, l'hôtesse me secoua. J'avais dormi et cela m'évita d'attirer les soupçons, mais ainsi, j'avais été privée de l'opportunité de me nourrir d'un plateau-repas afin de reprendre des forces. J'entendis vaguement le nom de la ville d'arrivée. Santa Fé, était-ce la ville du Nouveau-Mexique ? En réalité, j'étais à Santa Fé de Bogota, plus familièrement à Bogota, la capitale de la Colombie. J'eus à peine le temps de comprendre en sortant de l'aéroport, j'ignorais comment j'avais passé les barrières douanières. Je m'effondrai.

Lorsque je me réveillai, je me trouvais chez une personne au nom évocateur : Esperanza Duarte. Elle m'avait tenue lorsque j'étais tombée. Elle habitait dans la petite ville de Leyva située à cent soixante kilomètres au nord de Santa Fé de Bogota. De petite taille, une masse de cheveux bruns mi-longs et bouclés lui entourait le visage, avec les yeux de la même couleur, elle arborait un sourire accueillant et chaleureux. J'étais allongée sur son lit et elle me proposa du « guarana », une boisson gazeuse à base d'une plante qui paraît-il permettait de retrouver des forces. Elle amena aussi des espèces de rissoles contenant une préparation particulière. Comme je semblais ignorer ce mets, elle le désigna en disant : « Empanadas ». Je mangeai ces rissoles dont le goût était peu épicé. Même après cela, je me sentais nerveuse et cela m'empêchait d'apprécier la gentillesse de mon hôtesse. Je traversais une crise d'addiction. Cela devait faire au moins vingt-quatre heures que je n'avais pas ingurgité les fameux médicaments de John Schwein. Ce n'était pas en Colombie que je trouverais la solution. Je me sentais perdue et paumée.

Je m'enfonçais dans le danger : dépendante de médicaments, dans un pays inconnu et à la réputation d'être dangereux. Seule au milieu d'étrangers, je risquais gros. J'aurais dû comprendre que j'avais pris des risques en plaçant toute ma confiance en ce pseudo-homme de John Schwein. J'avais perdu ma conscience, et je le réalisais, là, maintenant, dans un lieu où je ne serais jamais allée, où je n'aurais jamais pensé aller. La presse relatait les événements politiques négatifs de la Colombie : paramilitaires, enlèvement… Et je me trouvais là. Mon inconscient aurait pu être plus indulgent avec moi à l'aéroport et aurait pu me mener vers une destination plus sympathique, au lieu de cela, la volonté de détruire prit le dessus. Un héritage de John Schwein.

Et maintenant, je m'enfonçais en enfer. Ils m'avaient emmenée dès mon arrivée et, avec mon physique d'étrangère, ils devaient s'imaginer que j'étais très riche, et qu'ils pourraient réclamer une rançon. A moins qu'ils pensent me livrer à des militaires qui m'emmèneraient dans la jungle tropicale vivre le pire … Ou alors ils me tueraient là tout de suite parce que je n'étais pas des leurs ou qu'ils étaient fous. Nouvelle perte de conscience.

Je devais me débrouiller pour rentrer sans argent… Je me souvins que mon portable était encore niché dans ma poche. Je me demandai s'il fonctionnait en Colombie. Qui pouvais-je appeler ? Sûrement pas mes parents, car ils n'assumaient pas leur rôle et ne comprenaient rien à rien.

Le seul numéro que j'osai composer, c'était celui de Sarah-Lena. La seule personne qui me fit sortir de ce pétrin…

CHAPITRE 2

LA DECHEANCE

« Notre plus grande gloire n'est pas de jamais tomber, mais de se relever lorsque l'on tombe. »

« Il vaut mieux brûler que de s'éteindre lentement »
Kurt Cobain

"I'm so tired of being here
Suppressed by all of my childish fears (...)
(...) These wounds won't seem to heal
This pain is just too real
There's just too much that time cannot erase (...)
I've tried so hard to tell myself that you're gone
And though you're still with me
I've been alone all along "

My Immortal Evanescence

L'opération, orchestrée par Sarah-Lena, avait été réglée de manière organisée et millimétrée. Elle avait envoyé de l'argent, que j'avais récupéré dans un point relais à Leyva. Ensuite, un ami d'Esperanza m'avait emmenée à l'aéroport, où j'achetai mon billet d'avion pour rentrer à Genève. Quitter ma bienfaitrice, ma sauveuse, fut difficile : la raison me sonna de rentrer, mais l'envie de rester auprès de quelqu'un qui, sans me connaître, m'avait protégée et dorlotée, me prenait. Cette générosité incroyable, je ne l'avais jamais connue.

Et John Schwein ?

Il retrouva ma trace. Enfin, ce n'était pas compliqué : si je ne demeurais pas à l'autre bout de la planète, je me trouvais forcément chez moi. Après avoir été droguée, mon retour relevait de l'exploit

Il commença par m'appeler :

« Comment as-tu réussi à rentrer chez toi ? Comment as-tu pu partir ? »

Déjà, il s'emportait. Et je fis de même :

« Je fais ce que je veux, espèce de malade !

— Tu te rends compte de ce que tu as fait ? Tu viens de signer l'arrêt de ta carrière.

— Tant mieux, j'en veux plus.

— Tu veux retourner dans ta vie minable, c'est cela ? A ne ressembler qu'à une mocheté, à rien, ni personne ? D'ailleurs ça va se savoir, cela, et toutes les portes qui s'étaient ouvertes grâce à moi vont se fermer. »

Il avait débité cela de façon agitée, cela se sentait, il perdait son calme et même sa respiration. J'avais donc rétorqué :

« Je préfère cela qu'être droguée, ce que tu as fait est inhumain, salaud ! »

En fait, je m'étais vraiment emportée, afin de pouvoir évacuer toute cette colère et cette douleur retenues.

« Surveille tes paroles, de toute manière je débarque chez toi ! »

Et le pire, c'est qu'il osa me menacer.
J'arrêtais net de parler, je criais :

«Si tu viens chez moi, j'appelle les flics et j'en profite pour porter plainte !!!!

— C'est cela, ils ne croiront jamais une pauvre fille comme toi.

— Si tu continues, je vais directement porter plainte à la police et…

— Si tu le fais, coupa-t-il, tu ne verras plus jamais ta sale petite tête dans la glace parce que tu mourras. »

Et il raccrocha.

La tristesse m'envahit. Je ne serais plus jamais elle. Oh, non, je n'étais pas dupe des menaces de John Schwein, c'était lui qui se trouvait dans un sale pétrin. Seulement, ce qui me blessait, ce fut de découvrir que tout n'était que mensonges et que je devais renoncer à mes rêves de grandeur pour me sauver la vie.

Je demeurai des jours et des jours entiers, endormie dans mon lit, tellement vide. La plupart du temps, j'errais à demi-morte, croyant l'être totalement. Je ne percevais aucune présence autour de moi. J'étais seule et rien ne semblait changer. Ma douleur apparaissait comme physique et morale. Ne pouvant pas me lever, ne pouvant pas sortir, je pensais que je n'existais plus. Tout s'arrêtait là.

Quelques jours plus tard, mes pensées se détachaient de mon mal-être envahissant. Je m'aperçus alors que j'étais vivante. Seule, il fallait continuer. Officiellement, j'étais en convalescence. Tous les jours, j'arpentais les rues de Genève, me mêlant à la population sans aucune distinction. Pas un mot, ni un regard, j'avançais à la fois dans le silence et le bruit, la banalité retentissante d'un lendemain de grande fête. Mon corps guérissait peu à peu mais s'enlaidissait, s'éloignant ainsi de l'image de la femme mannequin vue dans les journaux. J'avoue que je mangeais beaucoup car la faim me poursuivait comme si mon corps craignait que je lui joue des tours.

Je paraissais normale mais les séquelles restaient. Je ne conservais pas que des pensées cohérentes. Je pris à la figure une série de contrastes saisissants : de la lumière à l'ombre, d'accompagnements fréquents à la solitude, du succès à l'ignorance. J'avais des amis qui en réalité ne s'intéressaient qu'à mon statut et non pas à ma personne.

Cela paraissait toujours glamour de raconter qu'on fréquentait un mannequin, pas une fille ordinaire. Les hommes ne me regardaient plus, la revanche pour eux, qui subissaient mon attitude hautaine ; je réclamais du trois étoiles et non pas un simple mâle. Je cherchais superman, pas monsieur tout-le-monde. Point de super-héros dans cet appartement que je quittais sans cesse pour un voyage, une séance photo, ou une soirée. Je ne prenais pas la peine de regarder mon intérieur. Tout était dans l'apparence.

Et maintenant, je me retrouvais seule entre ces murs. Seule, face à moi-même. Je me demandais qui j'étais. Rien ne serait plus comme avant. La fin du lycée, le déménagement, l'expérience de la gloire et la défaite, je portais tout cela sur mes épaules et, à présent, je devais vivre avec.

Je trouvai dans ma boite aux lettres une invitation pour une soirée donnée en l'honneur de Sarah-Lena, qui allait se fiancer avec David, son petit ami. Depuis qu'elle était entrée à l'université, je ne l'avais pratiquement pas revue. Je regrettais le temps où nous étions très proches. Ma pseudo-carrière m'avait éloignée de mes amies. Je les avais revues une seule fois et c'était à cette occasion que Sarah-Lena m'avait présenté David. Je gardais un bon souvenir de cette rencontre.

En général, les invitations se faisaient par téléphone. L'inscrire sur du papier, cela rendait l'événement plus solennel et plus glamour. Sarah-Lena avait évolué et m'apparut très épanouie lors de notre dernière rencontre. Quant à l'heureux élu, il s'accordait parfaitement avec elle. Leur couple paraissait comme un élément nouveau dans notre cercle d'amies récupéré de la période lycée, mais pas choquant puisqu'ensemble ils évoluaient et s'ouvraient de plus en plus, au lieu de s'enfermer dans leur couple. Cela ressemblait à une belle histoire et l'annonce de leurs fiançailles parut un prolongement normal.

Une invitation, c'était une preuve que l'on existait. Malgré l'absence de manifestation de ma part, personne ne m'avait oubliée. Au lycée, le nombre d'invitations reçues dans l'année mesurait la cote de popularité. Cela pouvait être aussi bien une convocation à un tête-à-tête privé tel qu'un dîner, qu'une soirée donnée chez un lycéen ou une personne extérieure, ou bien alors une invitation dans un endroit branché. Partager un moment privilégié avec une personne en vue au lycée apparaissait comme un honneur, aussi futile que cela pouvait être. La personne la plus populaire, c'était celle qui avait tout vu, tout entendu et qui n'avait jamais rien manqué. En tant que mannequin, une invitation représentait une opportunité, en tant que top model, plus on était invitée, plus on était célèbre.

Il fallait que je fasse l'effort de retrouver mes anciennes amies, d'affronter la réalité avec l'amertume qui l'accompagnait. L'époque du lycée, la bande où nous étions toutes les quatre le noyau, les journées en cours, les récréations, les sorties, les potins, toute cette légèreté vivait encore, mais le changement était passé par là. Après tout, on ne pouvait pas toujours briller, c'était ce dont j'essayais de me convaincre. Je devais me réjouir de son bonheur. Tout cela me ramena dans le passé. Tout d'un coup, un souvenir me revint à l'esprit. Un jour de grèves, nous étions presque tous venus et nous ignorions si les professeurs donnaient leurs cours ce jour-là. Un de nos camarades avait eu la bonne idée d'amener sa guitare et, dans la cour de récré, assis par terre, nous chantions, tout et n'importe quoi. Et ensuite, nous nous amusions à imiter les profs. Nous aurions pu partir, mais il faisait beau et nous étions bien dans cette oisiveté. Ce genre d'instants-là, je ne le revivrai peut-être plus jamais.

J'attendais le jour J avec appréhension, craignant d'être critiquée et jugée face à des questions traditionnelles du type :

« Qu'est-ce que tu es devenue ? »

Ce genre de rencontre paraissait difficile à affronter car elle nous incitait à prendre conscience des années passées, du degré d'ambition qui nous habitait et des réalisations dans lesquelles chacune se situait. C'était s'affronter soi-même à travers le regard d'autrui…

Cependant, cela faisait une éternité que nous n'avions pas eu un grand événement à fêter. C'était l'occasion de mettre ses propres soucis de côté et de partager le bonheur d'une amie. Quoi de plus ridicule que de demeurer recluse dans son malheur quand on avait une véritable amie avec laquelle partager des ondes positives ? Sarah-Lena méritait d'être heureuse ; cela montrait que les gens bien pouvaient vivre quelque chose de beau et de réel... Ce point de vue semblait trop moral, néanmoins, cette réalité apparut de manière flagrante comme une leçon à retenir. On pouvait lui reprocher d'être trop sérieuse, trop disciplinée, mais en suivant une ligne droite, au risque de manquer de fantaisie, elle était parvenue à trouver un équilibre qui lui convenait et qui lui allait bien, finalement. Ne devais-je pas en prendre exemple ? C'est que je commençais à penser. J'avais bien fauté dans mes délires de célébrités, seulement c'était inévitable !

Le jour J, lorsque j'arrivai, je trouvai une atmosphère bien différente de ce que j'avais imaginé.

Une invitée m'ouvrit la porte : c'était une amie de David.

Je m'attendais à ce que tout respire la joie de vivre, malheureusement, cela ne se ressentait pas ; des visages sombres, contrastant avec des corps vêtus élégamment. Je restai perplexe. Une catastrophe était passée par ici. Où étaient-ils ? Où se trouvaient les héros de la soirée ?

Après une longue discussion au téléphone, la cousine de Sarah-Lena vint me saluer, et m'expliqua la situation.

Sarah-Lena se trouvait aux urgences. Et nous partîmes la rejoindre.

A notre arrivée, nous rencontrâmes la famille de Sarah-Lena et celle de David. Ce dernier se tenait à l'écart, immobile.

David ne parlait plus, ses yeux gardaient la même expression choquée. Il portait une veste noire, un pantalon du même ton, une chemise blanche. Il arborait une sorte de broche, un cristal de couleur rose, sur le col de sa veste, qui émettait des éclairs au contact de la lumière.
Où était-elle ?
Elle avait disparu.
J'étais absente au moment du drame

Pendant que la cousine de Sarah-Lena contait les événements, je les imaginais. Je regardais la broche que portait David comme si c'était un témoin du drame qui s'était déroulé :

Sarah-Lena était vêtue d'une robe noire, une partie de ses cheveux blonds était attachée. Ils devaient tous les deux se rendre chez la cousine de cette dernière, qui vivait dans un grand appartement avec terrasse situé dans le quartier des Pâquis, là où se déroulait la soirée donnée pour leurs fiançailles.

Il était arrivé en avance, il l'attendait à l'autre bout de la rue. Elle allait s'avancer sur ce passage clouté Dans quelques minutes, elle célébrerait ses fiançailles. Une partie de ses rêves de petite fille allait se réaliser. Elle commença à traverser, puisqu'aucune voiture ne passait. Elle marchait en direction d'une nouvelle vie. Son passé paraissait encore là et derrière elle, car toutes les zones d'ombre s'éclaircissaient peu à peu au fil de ses pas. Je pouvais la voir s'élancer sur ce maudit passage clouté avec sa grâce naturelle, dissimulant son empressement. Elle allait vivre un moment important de son existence, qu'elle partagerait avec ses proches. Je pouvais l'entendre penser au futur et à la joie qui grandissait en elle, ses yeux aussi illuminés que sa chevelure dorée.

Quand on rencontrait une personne comme Sarah-Lena, on n'imaginait plus la laideur, comme si elle avait disparu car on décollait de la réalité en pensant naïvement que le bonheur pouvait arriver et s'installer dans une vie pour l'éternité. Et même si ce n'étaient que de petits moments, il aurait été cruel de les écourter, surtout de cette manière-là. Jamais elle n'avait pressenti ce qui se passerait, bien qu'elle connût la réalité de ce monde ; elle n'aurait jamais deviné qu'elle allait devenir à ce moment-là une victime.

Elle s'engagea sur ce passage clouté avec détermination, fermeté, humilité et courage comme elle le faisait dans sa vie, dans sa relation avec David.

Soudain, d'une rue perpendiculaire, une voiture s'engagea précipitamment, avançant cruellement en direction du passage clouté, sans aucune intention de ralentir ou de s'arrêter. Cela se passa tellement vite, en un dixième de seconde : elle tenta de presser le pas, c'était déjà trop tard. Son cheminement s'arrêta violemment. Le conducteur la

renversa. Juste un cri. Il avait tout vu, même trop vu
pour garder la raison. L'impensable, l'insoutenable
s'était produit. Il perdit soi-disant le contrôle du
véhicule après que son corps se fracassa contre la
voiture, ce qui ralentit la course. Il freina violemment,
et dévia sur le côté. Le véhicule percuta le trottoir,
puis se cogna contre le mur.

Et puis, plus rien.

Plus tard, le verdict tomba. Cette nuit-là,
Sarah-Lena n'avait pas survécu à ce terrible choc, elle
avait rendu son dernier souffle peu de temps après
son arrivée aux urgences. C'était censé être une soirée
de fiançailles, pas un enterrement, ce qui amplifia la
violence du choc.

Quant au monstre, il s'en sortit avec quelques blessures et de la mauvaise foi, c'était limite s'il n'avait pas tenté de s'enfuir de l'hôpital. Heureusement, les médecins eurent la bonne idée d'insister pour l'ausculter et effectuer des tests.

L'examen toxicologique détecta la présence d'alcool à haute dose et une importante quantité de cannabis.

Les funérailles de Sarah-Lena se déroulèrent à l'église orthodoxe russe de Genève. Nous nous recueillîmes devant cet édifice blanc et doré, où l'odeur de l'encens flottait ardemment, accompagné de la chaleur des cierges, où les chœurs puissants des chants liturgiques rompaient le silence. L'intérieur paraissait impressionnant avec la présence des hommes d'église vêtus d'une robe noire, et portant une longue barbe. Il fallait un lieu solennel comme celui-ci pour lui rendre hommage, alors qu'elle est partie à vingt ans, dans la fleur de l'âge. C'était difficile de retenir nos larmes, car si la perte d'un être cher demeurait atroce, ça l'était d'autant plus de la part d'une jeune fille pleine d'avenir, de projets, de bonté. David se sentait seul, cela se voyait même si on essayait de l'entourer. Il ne l'avait pas seulement perdue, il avait perdu aussi le futur qu'il projetait avec elle, le mariage qu'ils ne célébreraient jamais, les enfants qu'ils n'auraient jamais. Il ne reverrait plus jamais son visage face au sien qui le renverrait à leur passé ensemble, il devrait se contenter de photos et de ses souvenirs, et ainsi, se buter à la frustration et à l'impuissance qui le rongeraient pour toujours.

Sarah-Lena n'avait pas choisi cela. Parce qu'un homme ivre et drogué avait décidé de prendre le volant, qu'il avait décidé qu'il était en son droit, qu'il était infaillible, qu'il était au-dessous de tout le monde, et parce qu'il n'avait songé qu'à son égoïsme, une innocente était décédée. Et des salauds de politiciens encourageaient d'une certaine manière ce crime, en voulant légaliser des substances susceptibles de faire perdre le contrôle aux autres, alors que trop de gens ne prenaient pas leurs responsabilités, dédaignant ainsi ce cercueil qui ne devrait pas être là, devant nous.

Elle était si jeune, si belle, si engagée. Elle aurait été une grande femme politique. Elle était prête à se battre pour ses convictions et restait droite. C'était une femme incroyable, qui s'était affirmée dès sa sortie du lycée. Avant cela, déjà, elle balbutiait ses idéaux au milieu de conversations moyennement riches de sens. Depuis qu'elle avait intégré l'université, elle les exposait. David les partageait car tous deux se complétaient. Je ne croyais pas en moi, je ne croyais pas en Dieu, et je ne croyais plus du tout en l'être humain. Elle, elle respectait tout le monde. Elle faisait de la politique en affichant ses convictions, en manifestant, mais jamais elle ne faisait comme ces imbéciles qui cassaient tout. Rien ne sera plus jamais comme avant. Les souvenirs font de nous ce qu'on est, et les pèlerinages sur les endroits que l'on fréquentait dans le passé ne pourront plus se produire, même s'ils formaient un typhon de nostalgie qui nous emportait l'espace d'une heure ou d'une journée, ils n'avaient plus lieu d'être après ce drame. Comment pouvait-on organiser une réunion d'anciens élèves du lycée alors qu'elle ne serait plus là, parmi nous ??

La vie n'était qu'une succession de bonheurs gâchés. J'aurais voulu remonter dans le temps et empêcher tout cela. Cet immense sentiment d'impuissance m'angoissait. Je voulais me rebeller contre le destin et le défier. Le monde me paraissait dangereux, je l'évitais. Il existait des personnes capables de défendre l'assassin de Sarah. Ce n'était pas lui qui allait la ramener. Quelque chose dans ma vie avait volé en éclats.

Et mon père prenait encore ces trucs. Il ne me demandait jamais de mes nouvelles alors que j'aurais pu mourir de désespoir. En revanche, sa dose de cochonnerie quotidienne, c'était tellement plus important que sa propre fille. S'il n'y avait pas de consommateur, il n'y aurait pas de producteur, c'est une longue chaîne, un cercle vicieux. Les producteurs vendaient leur came et parmi leurs clients se trouvaient les futurs auteurs de ce genre de drames. C'était cette idée-là qui avait émané de moi alors que je craquais une nouvelle fois, me sentant incapable de surmonter mon chagrin. Personne ne me rendrait mon amie, personne. J'aurais aimé obtenir réparation pour ce dommage-là…

J'avais toujours été impulsive. Cela demeurait dans ma nature et mon parcours le démontra. De toute manière, je me donnais raison de cet état-là. Tant pis pour ceux qui ne s'accordaient pas avec cela.

Je me rendis chez mon père. Ce jour-là, l'immeuble paraissait désert, seul le bruit du vent s'entendait. J'entrai dans son appartement. La colère monta tellement en moi qu'elle fit place à la haine. Bien sûr qu'il continuait à en prendre ! Je saisis un couteau, me blessai la main et projetai des gouttes de sang sur les murs immaculés. Puis je nettoyais tout cela, et les pansai la partie blessée. Je pris un journal et un briquet que j'allumai. Je mis le feu à l'appartement avant de partir en fermant la porte à clef. Bref méfait pour oubli immédiat. Seules mes émotions m'avaient guidée lorsque j'avais commis ces actes. J'avais ignoré la loi. Avec le recul, ce n'était pas seulement ma rage due aux événements. Je tolérais certaines choses chez les autres, pas chez mon père. Cela semblait plus profond ; la souffrance de sa distance, son manque de volonté dans son rôle de père, qui devenait visible lorsque mes camarades d'école parlaient du leur.

J'appris plus tard par ma mère la suite des événements après mon méfait. La voisine sentit l'odeur de la fumée et alerta les pompiers. Ils arrivèrent et éteignirent le feu rapidement. Bizarrement, ils constatèrent que la porte d'entrée de l'appartement était mal fermée. Mon crétin de père, de retour de sa tournée des bars, trouva les pompiers dans son domicile en mauvais état. Comme il avait bien bu – j'imaginai la mine idiote qu'il affichait – il ne réalisa pas ce qui a bien pu se passer. Le mot « enquête » le fit tressaillir autant que moi car il fallait déterminer clairement les causes de l'incendie. Mon père cachait des choses dans son appartement, aussi préféra-t-il suggérer une négligence de sa part afin que l'enquête se boucle rapidement.

Papa et les flics, c'était une grande histoire à laquelle j'avais assisté à l'époque où je partais encore en vacances avec mes parents, c'est-à-dire quand je n'étais pas assez grande pour protester. Nous allions dans le sud de la France faire du camping. Papa louait une roulotte craignos et voyante. Heureusement qu'il n'en possédait pas une, car selon lui, c'était impossible d'en stocker à Genève. Nous nous rendions dans des contrées inconnues. Cela paraissait sympathique une heure ou deux, rester en plein air, s'attabler en pleine campagne. Seulement, subir toutes ces contraintes pendant toutes les vacances, cela relevait du cauchemar. Les coins perdus en permanence, la proximité avec toute la petite famille, les moustiques, les douches tous les cinq ans, les pauses pipi et j'en passe, en plein air, avec tout l'inconfort qui suit, comme la crainte de recevoir une piqûre d'insecte sur le corps. Et bien sûr, les amis crétins de papa demeuraient de la partie. Comme ils ignoraient tous « les pièges » de ces bleds français, ils devaient faire attention à ne pas se faire choper par les flics.

Pourquoi ? Parce que pour eux –surtout pour mon père – c'était le festival de la nature, ce qui signifiait vie et fumette en plein air. Je pouvais revoir la scène : je me tenais à l'écart, renfrognée et honteuse de mes parents, et Lotus restait collée avec les adultes, histoire de faire l'intéressante. A force de les côtoyer, elle avait dû inhaler beaucoup de fumée, ce qui avait dû la rendre débile. Un jour, un gendarme français avait failli lui mettre la main au collet. C'était à la terrasse d'un bar, mon père avait eu la « bonne idée » de fumer un joint. A la vue du gendarme, il le planqua en deux temps trois mouvements. Et bien sûr, quand le gendarme sentit l'odeur suspecte, papa affirma que c'était « l'œuvre du groupe de petits jeunes assis avant nous, qui avait dû commettre une connerie », tout en rouspétant sur « les jeunes de nos jours ». Et l'idiot à képi avala tout cela, tout en le mettant en garde que cela pouvait nous arriver. Bien vu pour Lotus, et erroné pour moi. Les personnes les plus nettes n'étaient pas celles que l'on croyait.

Devant ses proches, mon père pestait contre cet incendie en se demandant d'où provenaient la cause et l'auteur. Il menait sa petite investigation en parallèle, se prenant pour le héros d'un film d'action.

Jamais il n'apprit la vérité. Personne ne connut l'auteur de l'acte. J'avais échappé à tout, telle une ombre se faufilant partout. Pas un témoin, pas un doute, rien. Peut-être étais-je trop effacée ?

Ce monde était pourri, ma vie une petite parcelle de problèmes dans l'infini. Tout était moche, ça ne donnait pas envie d'être ici. On naît sans le demander, on n'a que ses parents comme repère sans les choisir. On aimerait un papa gâteau, une maman complice et on a à la place des fantômes dans un univers sombre. Difficile d'exister et d'avancer dans ces conditions. Il y a un minimum d'instinct de survie en chacun de nous et c'est ce qui nous faisait passer le cap de l'adolescence. Et alors, tout n'était qu'illusion, parce que c'était là que l'on se réfugiait pour trouver le réconfort. Mais venaient ensuite les désillusions…

Comment ne pas accentuer ce tableau noir ? J'exagérais ? Je ne savais plus rien. Les chutes violentes et brutales, et les tortures qui les accompagnaient me faisaient perdre la tête. Je ne situais plus mon passé et je saignais mon futur chaque jour dans l'autodestruction.

Il fallait l'avouer, les rencontres mystiques se faisaient plus facilement lorsqu'on se trouvait dans une situation désespérée. Je me sentais aliénée, décapitée, pourrie jusqu'à l'os. Je n'étais pas une sainte, ça je le savais, mais le fait de devoir lutter contre le mal-être me rendait moins peste, du moins, c'était ce que je pensais. Je n'étais pas exsangue et je ne deviendrais pas plus blanche par l'effet des aléas, néanmoins, la volonté de se purifier de quelque chose naissait peu à peu. Pour autant, cela ne signifiait pas que j'allais changer, je n'en avais nullement l'intention. Je désirais seulement commencer à regarder quelque chose de nouveau, mais de loin.

Je me tenais devant l'église orthodoxe russe de Genève. J'avais déjà pénétré dans l'enceinte de cette église, lors de l'enterrement de Sarah-Lena. À présent, s'en approcher seule s'avérait difficile : sa façade imposante et ses dômes d'or éclatants inspiraient une telle puissance éblouissante que je me tenais à distance, moi, l'athée. Inexplicablement, j'éprouvais le besoin de retourner dans ce lieu qui avait abrité son corps et notre peine regroupée. Peut-être que cet édifice si particulier pouvait faire des miracles ? Peut-être que je la reverrais ici ? Peut-être que le fait de venir pouvait m'enlever tous mes regrets, ma tristesse et le manque occasionné par son absence ?

« Vous voulez visiter ? »

La voix était masculine, grave, teintée d'un fort accent russe. Je me retournai : un homme de taille moyenne, un peu fort, vêtu d'une longue robe noire se dressait devant moi. Il me regardait de manière simple et neutre, derrière ses lunettes aux verres épais. Ses cheveux étaient bruns grisonnants et sa barbe de la même couleur. Un long collier terminé par une grande croix signifiait qu'il appartenait à cette église.

« Euh, je suis athée, bredouillai-je, ignorant le protocole et la fonction précise de cet homme.

— La maison de Dieu est ouverte à tous, dit-il simplement. Il n'y a pas d'office, vous pouvez entrer.

— C'est que je n'y connais rien à tout cela », marmonnai-je.

Il ne bougeait pas et observait un silence, comme s'il attendait mes confessions. Je me repris. La religion et tous ces trucs-là, je ne connaissais pas, mais je n'avais pas envie de me laisser impressionner. Je devais rester moi-même.

« Avez-vous été baptisée ?

— Non, je n'ai pas été baptisée et je n'en ai rien à faire de tout cela. »

Je sentais qu'il voulait m'expliquer quelque chose, mais je ne le laissai pas faire et j'osai débiter :

« Vous comprenez, vous, qu'une personne meure, comme ça ? Qu'il y en a qui ont tous les droits et puis que votre Dieu laisse cela, on est donc là que pour crever, c'est cela ? »

J'avais explosé sans aucun raffinement de pensée, ni aucune formule de politesse devant un homme auquel beaucoup de personnes accordent du respect. Cet uniforme, cette croix, rien ne m'avait arrêtée.

« Je vous reconnais, vous étiez à l'enterrement de la jeune fille. »
Et il reprit :
« Vous souffrez de l'absence de votre amie. Le seigneur a donné la terre aux hommes, mais ce sont eux qui pèchent. Le pardon permet d'apaiser l'esprit, car la vengeance ne sert à rien, parce qu'elle ne mène qu'à la guerre. Je vois que votre esprit n'est pas en paix. »

Bien que ce fût agaçant de se faire sermonner, il n'avait pas tout à fait tort. Dans ma vie, c'était la guerre.
« Alors que faut-il faire pour que tout aille bien ?
— Il y aura toujours des événements malheureux, mais le bonheur existe. Aimer son prochain, donner et pardonner permet de suivre le bon chemin qui mène à la paix. »

Gênée par ce discours, je voulais fuir la situation.

En l'espace d'un instant, je sentis une barrière s'installer. Une mise en valeur de cette différence qui existait. Plutôt que de changer et de poursuivre mes intentions premières, je préférai y échapper afin de rester fidèle à moi-même, et d'éviter toute prise de risque, tout malaise, et toute remise en question.

« Je dois y aller. »

Il ne dit plus rien et ne bougea pas. Je m'éloignai. Cela m'énerva.

Je n'allai pas écouter un homme d'église. La religion, ce n'était vraiment pas pour moi et je n'allais pas changer d'avis. Je croyais qu'il voulait me faire adhérer à ses pensées, voire me convertir, bien qu'il semble différent des illuminés dans la rue qui engageaient la conversation pour entraîner les gens dans leur secte ou dans un autre mouvement.

Toutefois, c'était limite si lui ne me disait pas ce que je devais faire. Je n'avais de leçons à recevoir de personne parce que je le voyais mal, par exemple, m'expliquer pourquoi je n'étais pas devenue mannequin, pourquoi j'avais rencontré John Schwein, pourquoi il m'avait arnaquée, pourquoi, pourquoi, pourquoi…

La vie était remplie de questions sans réponse, et ce n'était pas un homme d'église qui pouvait donner des explications concrètes. Je ne voulais pas prendre la peine de l'écouter et je ne voulais rien savoir sous l'effet de cette colère restée en moi jours après jours. Même si cette religion, c'était celle de Sarah, ma chère amie défunte, je refusais d'y adhérer, cela représentait un autre monde dans lequel je ne serais jamais intégrée.

Une nuit, je rêvai de Sarah-Lena. Je me promenais dans un jardin étrange aux allures nippones : quelques fleurs, des buissons, un ruisseau. Son apparence contrastait avec le fond, ses cheveux dorés semblaient fades et évitaient la lumière, sans doute à cause de cette robe noire qu'elle portait, qui symbolisait plus le deuil que la femme élégante qu'elle avait été. Elle me fixa d'un regard malheureux et meurtri, comme le dessin d'un drame.

« Qu'est-ce qui t'est arrivé ? »

Elle me posa cette question en paraissant au bord des larmes.

Et puis, plus rien. Quel affreux cauchemar !

Son décès fut un choc terrible qui changea toute mon existence, comme une cassure. J'avais aussi eu un accident : cet événement qui dévasta ma vie.

Je ne voyais plus mon existence et celle des autres de la même manière qu'auparavant. Il y avait eu comme une mise en garde, un avertissement qu'il y avait une fin, que nous ne pouvions pas tout décider car la mort existait. Personne n'avait la capacité d'anticiper, ni de tenter d'empêcher ce drame.

On s'attachait à des choses tellement… anodines comparées à ces drames. Je ne me posais plus la question de ce que je voulais mettre aujourd'hui, si c'était joli, approprié et si cela me mettait en valeur.

Notre amitié demeurait pure à l'intérieur, nous étions jeunes et cela ne se voyait pas. Mais nous ne nous querellions jamais pour des broutilles, la jalousie n'existait pas entre nous. Il n'y avait aucun calcul, aucune cupidité.

Je ne distinguais plus la beauté, le printemps me paraissait insignifiant...

Alors que l'avortement de ma carrière de star m'avait laissée grise et grisée par des substances socialement acceptées, le décès de mon amie m'avait plongée dans une obscurité impure où je côtoyais l'enfer tout en y demeurant aveugle. Mes sens ne fonctionnaient plus et tenter de les ranimer frisait le dégoût, pire que l'écœurement, j'en vomirais.

Et par une matinée moite, mon corps gisait sur les draps froissés et désordonnés, un champ de bataille. Rafraîchie par les gouttelettes de chagrin posées, il percevait à moitié la tiédeur du matin d'été. Tiré vers le haut, il semblait capter les effluves de fleurs qui embaumaient l'air, mais il restait ancré dans la mélancolie de l'oubli. A cette heure-ci, tous les insectes des temps modernes sortaient de leur état fœtal et de leur univers, engourdis, pour affronter la puissance de la lumière, tels des petits poussins sortant de leur coquille, découvrant le monde pour la première fois. Cette mue incitait l'insecte à ne regarder que lui-même plutôt que les autres. Mourir à l'aube, c'était mourir dans l'oubli.

Je restais cloîtrée, je ne sortais que pour effectuer des achats. Mon compte en banque pouvait basculer vers la limite si je n'agissais pas. Il fallait absolument que je travaille. En feuilletant les offres d'emploi de la Tribune de Genève, je tombai sur une annonce semblant parfaite :

« Nous recherchons une assistante pour diverses tâches dans une entreprise de renommée internationale. Polyvalence et tenue correcte exigée. Pas sérieuses s'abstenir. »

Bien que la dernière phrase ne me corresponde pas, je m'aperçus à première vue qu'un diplôme n'était pas exigé. Je décidai d'envoyer un curriculum vitae bien trafiqué : expériences chez Chopard, hôtesse d'accueil VIP, etc.

Il valait mieux que je mousse mon curriculum vitae, histoire de dissimuler le manque de qualifications qui me faisait défaut. Bizarrement, je n'avais pas rencontré directement mon futur chef d'équipe, mais une directrice des ressources humaines. La situation paraissait angoissante : j'avais fréquenté la haute société uniquement dans des circonstances où je ne me trouvais pas dans mon état normal. J'ignorais ce qui allait m'arriver mais il fallait que je prouve mes qualités pour obtenir ce travail et sortir d'un marasme financier prochain. En réalité, l'entreprise Maechler cherchait rapidement quelqu'un et surtout à un bon prix. Me situant dans une position inférieure du fait de mon manque d'activité professionnelle à un niveau prestigieux, je devais plier et refréner grandement ma gourmandise monétaire.

Tout se passa comme je l'avais prévu, ils ne doutèrent pas de la validité de mon curriculum et m'engagèrent sur-le-champ.

Mon lieu de travail était localisé au dernier étage d'un grand bâtiment qui appartenait à l'entreprise. Le grand patron s'absentait régulièrement. Peu causant avec les employés, malgré son allure sympathique, il devait entrer dans sa soixantaine année, si l'on en croyait ses cheveux courts grisonnants et sa bedaine. Le dernier étage était occupé par le patron, sa fille et ses proches collaborateurs. Ainsi, l'ordre hiérarchique social était établi : ils dominaient le monde.

Mon emploi consistait à aider le personnel de Mlle Cash. Officiellement, elle secondait son père. La vérité naviguait sur des mers lointaines. Officieusement, c'étaient les collaborateurs de M. Cash qui effectuaient tout le travail qui s'étalait parfois sur des journées de dix-huit heures. L'aide que je fournissais représentait un niveau minime : préparer des boissons, faire les courses, chercher des documents, etc.

Cette situation ne semblait déranger personne, car au niveau de la communication externe, Mlle Cash représentait la jeunesse et l'avenir de l'entreprise. Elle occupait un immense bureau, digne des plus grands de ce monde : baie vitrée, moquette immaculée, table immense. Quand on croisait plusieurs fois Mlle Cash, on finissait par percevoir une réalité ambiguë.

Je ne l'avais rencontrée qu'une semaine après mon embauche. Jusqu'alors, je faisais ce que l'on me disait, sans me poser de questions, même si les contacts demeuraient limités avec les collègues de travail, accaparés par leurs tâches.

Elle vint un après-midi. La première chose qu'on remarquait chez elle, c'était son physique. Elle paraissait grande car elle portait constamment des escarpins dotés de talons de dix centimètres. Sa peau était bronzée, ce qui faisait ressortir la couleur de ses cheveux blonds, teinture obtenue par un des meilleurs coloristes de Paris. Oui, elle se déplaçait jusqu'à Paris pour ses cheveux ! Ses yeux marron se fondaient bien dans son visage impeccablement maquillé. Son buste était mince, mais gracieux, en harmonie avec sa taille bien dessinée. Mlle Cash était parfaite. Même lors de ma période de mannequinat, je ne me serais pas retrouvée au même niveau.

Lorsqu'elle arrivait au bureau, tout devait être nickel. Le moindre des désirs de Mlle Cash nécessitait satisfaction. Sa secrétaire gérait son emploi du temps et se pliait à toutes ses exigences. Elle fixait ses rendez-vous à l'institut de beauté, son shopping, ses entrevues bien minutées avec son petit ami. Mlle Jennifer Cash avait beau nager dans la futilité, elle demeurait néanmoins sérieuse et bien élevée. Une vraie jeune femme de la haute société. Elle était abonnée aux grandes marques ; même lorsqu'elle défilait en jeans, c'étaient ceux d'une marque luxueuse. Elle roulait dans un coupé Mercedes, deux places seulement, pour limiter les contacts comme les carrés VIP qu'elle occupait lorsqu'elle sortait. Quant à son petit ami, c'était un jeune homme de bonne famille, ni beau, ni laid, aussi sérieux qu'elle, toujours bien propre, bien habillé, bien rasé, lui offrant des baisers courts, légers et froids. Entre eux, c'était purement vie sociale, enfin, c'était ce que je pensais. Bien sûr, je n'avais pas vérifié, et puis, je ne les avais jamais pris en flagrant délit de libertinage.

On m'envoyait souvent à la rue du Rhône, bordée de belles boutiques de bijouteries, pour des motifs futiles tels que ramener le catalogue des nouvelles collections de bijoux pour Mlle Cash. C'était incroyable, toute cette importance donnée à une jeune femme, à la moindre de ses actions, juste parce qu'elle était riche. Et je me demandais alors : qu'est-ce que serait sa vie si un jour elle perdait tout ?

Un jour, après m'être réveillée, je me dirigeai naturellement vers le miroir. J'allais affronter mon affreux visage au réveil. Lorsque j'ouvris les yeux, je me retins de crier : ce n'était pas mon visage, mais celui de Mlle Cash. Je n'étais pas chez moi, mais dans une chambre où se trouvait un vieux lit à baldaquin. Le décor me paraissait de mauvais goût. Si j'étais riche comme elle, j'aurais une chambre au style épuré, et remplie d'appareils électroniques dernier cri. Alors que devais-je faire ? Redécorer cette chambre ?

Il y avait trois portes. J'ouvris celle de droite. Derrière, un grand dressing-room. Cela grouillait d'abondance. Même moi, issue d'une famille privilégiée, je ne possédais pas autant. Cela ressemblait plus à une boutique qu'à un lieu contenant des effets personnels. Lorsque je m'approchai vers la collection de cintres, j'auscultai les vêtements. Certains dormaient dans des housses. Tous comportaient une étiquette de grande marque. J'en ouvris une, quelle surprise ! Je trouvai une robe de soirée Armani de couleur blanche surmontée de dentelle noire. Je m'empressai de l'enfiler. Elle m'allait. Je regardai dans la glace l'effet obtenu : j'étais magnifique. Puis, subitement, je fus prise de folie : je l'enlevai et j'essayai une autre robe, et une veste et un tailleur, je fis tout cela rapidement. Puis j'ouvris tous les tiroirs d'une commode annexée aux penderies. Elle contenait des boîtes refermant des bijoux. Je tombai sur une bague en argent, avec un diamant en forme de poire, escorté de saphirs tout autour. Je la mis, puis j'en mis une autre avec des rubis, avec des boucles d'oreilles en diamant.

Finalement, je réalisai qu'avec tous ces vêtements et ces bijoux, je ressemblais à une personne déguisée. Je ne compris plus rien. Cela devenait effrayant, je ne tenais plus debout. Je m'effondrai. Lorsque j'ouvris les yeux, j'étais chez moi, dans ma chambre. J'ignorais ce qui s'était réellement passé. Etait-ce un rêve ou la réalité ?

J'avais été maligne de bidouiller mon CV pour décrocher cet emploi sauf sur un point : le salaire. N'ayant pas véritablement travaillé comme hôtesse, j'ignorais ce que je pouvais gagner réellement. En discutant avec des amies, je me rendis compte que j'étais sous-payée et que même un étudiant n'ayant jamais travaillé gagnait plus pour un emploi comme celui-là. Apparemment, le personnel qui se démenait ne se trouvait pas dans une situation confortable. Et du fait de ma fonction, je savais beaucoup de choses. On m'envoyait dans des boutiques de la rue du Rhône pour ramener des bijoux avec le catalogue pour des prochains achats. Je pouvais donc affirmer qu'ils avaient les moyens de nous payer plus.

Le comble, c'était que la famille Cash s'était convertie au bouddhisme. C'était à pouffer de rire. Mais c'était « fashion ». Leur attitude devait être dictée par cette religion. Cela signifiait nourriture bio, méditation et beaux principes : respect du prochain, vivre dans l'optique d'une résurrection, etc. Je l'avais su en feuilletant une revue bouddhiste qui traînait dans la salle d'attente. C'était à se demander à quoi servaient les religions, mis à part le prétexte de la bonne conscience.

Les rares apparitions de Mme Cash ressemblaient à un spectacle. Il fallait qu'elle soit au centre de l'attention. Entre s'occuper d'un gros client et d'elle, le choix devait impérativement se porter sur elle. Tous les services à lui rendre relevaient de la haute priorité. Et là, on frisait le ridicule. Cette « pauvre madame » nous demandait de faire urgemment des photocopies de ses déductions de taxe résultant de ses voyages à l'étranger. Il fallait qu'elle économise ses sous avec le peu de moyens qu'elle avait, surtout quand ces déductions de TVA concernaient des achats hors de prix pour nous, pauvres petites personnes modestes que nous étions. Naturellement, chacune de ses demandes s'énonçait sur un ton et un air qui signifiaient notre infériorité. Il fallait bien cela quand un gros compte en banque s'adressait à un petit. Nous étions des domestiques, rien de plus.

Madame Cash se prenait vraiment pour un grand personnage avec ses incessants grands mouvements de tête en arrière comme dans une publicité pour des produits capillaires. Sauf que ses cheveux viraient mamie à force de grisonner. Cela constituait un moyen de démontrer qu'elle était supérieure, parfaite, hautaine et bourgeoise. Il faudrait écrire un roman sur sa vie passionnante, limite burlesque : « les aventures de Mme Cash à la rue du Rhône », « Mme Cash croise des éboueurs ».

Elle essayait de masquer son âge en tentant de jouer à la fashion victime. En bonne observatrice de mode, je la qualifierais de ratée. Elle avait beau porter des vêtements et des accessoires tendances, il y avait toujours quelque chose qui manquait malgré sa perfection « bourgie ».

Même aisée, même capable de se payer des crèmes anti-rides hors de prix, même liftée, botoxée, elle semblait âgée comme si son visage entier refusait de se prêter à tous ces traitements.

C'était donc ce genre de faune que je rencontrais sur mon lieu de travail où j'occupais mes journées. Heureusement, il y avait une vie en dehors…

Tous les samedi soir, je me rendais au Santa Cruz, un bar latino avec une super piste de danse, où passaient de la musique latino-américaine et de la house. Mais ce samedi-là, je rencontrai quelqu'un de spécial. Et ce fut magique. La piste de danse regorgeait de monde et je me trouvais en face de lui. Il était grand, les cheveux brun clair et il portait un t-shirt noir moulant, un pantalon, et des chaussures de la même couleur. Le manque de lumière le rendait plutôt ténébreux. Tout ce que je perçus de lui au début, c'était la sensualité terrible que dégageait son corps lorsqu'il suivait le rythme de la musique diffusée. Il dansait merveilleusement bien la salsa, et je me retrouvai deux minutes plus tard, contre lui, à humer son parfum exhalant mille délices aphrodisiaques. Il m'entraîna au bar et m'offrit un verre. En réalité, il semblait plus lumineux que ténébreux : ses cheveux faussement ébouriffés arboraient une couleur brune rehaussée de quelques mèches blondes. Ses yeux couleur noisette pétillaient et ses dents éclataient de blancheur. Quant à sa peau mate, sa teinte caramel était à croquer. Dès le début, il avait créé une proximité avec mon corps. L'homme à consommer sur place. Vraiment, je le trouvais trop craquant. J'eus des frissons. Il répondait au doux prénom d'Enrique…

J'appris qu'il enseignait la salsa et le merengue et qu'il venait de Porto Rico. Après, je ne me souvenais plus. Il m'avait emmenée dans une boite de nuit sud-américaine. La seule question que je parvins à lui poser spontanément, c'était : « est-ce que tu as une copine ? » Parce qu'il fallait que je préserve ma fierté, ma dignité et que j'évite de me retrouver dans une position de faiblesse. Je ne prêtais pas attention à mes préoccupations existentielles ce soir-là. Je me laissais aller. Enrique me récita le couplet de l'homme célibataire. Et comme j'étais jeune et naïve, j'y adhérai.

Je ressemblais presque à ces filles qui défendaient les hommes, reniant leurs appartenances féminines, celles qui haïssaient les féministes, qui faisaient régresser la condition de la femme en clamant qu'il n'y avait plus de combat à mener, négligeant le sort des femmes des pays plus sous-développés moralement qu'économiquement et celui des madame-tout-le-monde aillant subi des sévices. Toutefois, je luttais pour conserver ma forte personnalité et mon arrogance. Pas facile avec un beau gosse charmant comme lui. Sur la piste de danse, je sentais revenir en moi l'ancienne Nicki. Il fallait que je fasse ressortir mes talents. C'était stimulant. Nous nous quittâmes à cinq heures du matin après le traditionnel échange de numéros de téléphone, assorti d'un rendez-vous fixé le lendemain ponctué d'un baiser qu'il posa au coin des lèvres. Visiblement il ne semblait pas très entreprenant mais plutôt timide. Je me logeai dans un bon gros dodo bien lourd sans qu'aucune question ne soit posée. Finalement, elles arrivèrent dans l'après-midi :

« Est-ce que j'ai rêvé ? »

« J'ai bien un rendez-vous avec lui ? »

C'était vrai. Nous nous retrouvâmes au café Cuba dans un périmètre intéressant et bien pensé puisque cela se situait à deux pas de chez moi ; idéal pour piéger la proie. Enfin, en théorie. En pratique, les choses se passaient toujours différemment. Face à lui, à ses bisous sur ma joue, à ce rendez-vous inespéré, je ne pouvais jouer à la femme fatale. Ce n'était pas le premier idiot prêt à me suivre sans moucharder jusqu'à chez moi comme un homme facile, une prostituée en caleçon avec un pénis et un cerveau hors service. La preuve, il ne m'avait pas sauté dessus lors de notre rencontre.

Lorsque j'arrivai dans le bar, il se trouvait assis sur un canapé en cuir brun. Toujours aussi beau, vêtu cette fois-ci d'une chemise blanche légèrement ouverte, laissant paraître un collier ethno reposant sur sa peau parfaitement bronzée. Quand il me vit, il sourit. Quelle ironie ! Moi, la star déchue, j'avais tout de même gagné le gros lot. Ce que je refusais de voir, c'était le regard des filles jalouses attablées non loin de lui. La plupart venaient d'Amérique du Sud et je les prenais pour des personnes amicales et non pas pour des ennemies. Tout semblait si accueillant ici : lui, les gens, la musique, les cocktails. Ses discours me surprirent : il avait beaucoup à raconter, notamment sur sa culture et ses origines. J'essayais d'écouter tout en dissimulant mon malaise face à mon manque de culture et d'intellect. Il parlait, et cela m'arrangeait ; au moins je n'aurais rien à dire. Mis à part les discothèques, la musique, les vêtements et les hommes, je ne savais quoi raconter.

Il ne cessait de me regarder. Il voulait tout savoir sur moi. Notre discussion tournait autour de ma vie peu intéressante que je contais par morceaux en réponse à ses ébauches de questions, un peu de la sienne et surtout des projets qu'il énonçait. Je ne connaissais pas le dernier bar branché de Plainpalais ? Il m'y emmènerait. Je n'étais jamais entrée dans la boite de nuit salsa la plus réputée de la ville ? On irait ensemble. Des paroles, des projets.

Les premiers rendez-vous ressemblaient à des entretiens d'embauche, surtout lorsque chacun cherchait à découvrir la personnalité de l'autre. Avec son apparence de play-boy, Enrique ne donnait pas l'impression de rechercher une relation sérieuse. Cependant, son attitude prouva le contraire car à plusieurs moments, il me fit comprendre qu'il ne voulait pas n'importe quoi avec n'importe qui. Cela ressemblait presque à un ultimatum –une relation sérieuse ou rien – mais inséré avec tellement de naturel, de calme et de désinvolture, que cela n'apparaissait pas comme une contrainte. Il me posait beaucoup de questions, si bien que la conversation tournait autour de moi.

Cela commença comme ça. Premier rendez-vous, deuxième rendez-vous. Tout passa si vite. Présentation à plusieurs personnes. Rendez-vous, visite chez des amis. Visite chez lui, visite chez moi. Journées de travail, moments avec lui. Ainsi, le bonheur représentait une entité très courte, limite furtive. J'étais attirée comme un aimant et j'acceptais tout, y compris son côté dominateur dans l'intimité.

Je vivais calmement le moment présent, sans comprendre ce qui m'arrivait. C'était surtout avant et après que cela s'agitait. Je jouais à la fille sociable, en train de faire une nouvelle connaissance, mais en réalité quelque chose se tramait. L'homme était né pour satisfaire la femme, c'était normalement à lui d'avancer. Loin d'être traditionaliste, je demeurais passive et cela m'arrangeait. Et puis, de la part du plus beau garçon de la ville, c'était forcément agréable. Oui, je pensais au début à l'ajouter à mon palmarès. Cependant, quelque chose qui émanait de lui m'intriguait. Etait-ce parce qu'il était étranger ? Sa beauté ? Sa part de mystère ? Je ne saurais dire. Il semblait plus intéressant que les autres, au point qu'il méritait un intérêt plus grand que ceux que j'avais fréquentés pour m'amuser.

Tout cela s'intégra à mon quotidien. Est-ce que cela s'appelait de l'attachement ? Je sentais à peine le début de quelque chose, et je ne maîtrisais plus rien.

Tout se déroulait de manière simple : on se parlait, on se regardait, le courant passait. Pas besoin de demander la lune. Je pouvais annuler mes rendez-vous avec mes amies juste pour me divertir avec lui. Cela rendait ma vie différente, elle commençait après le travail quand je le voyais. C'était lui le plus beau. Je me surprenais à avoir des gestes que je n'avais jamais eus auparavant avec les autres hommes. D'ailleurs, rien que des gestes de ma part, cela pouvait surprendre : en général, je faisais le strict minimum avec les hommes, une vraie statue. Avec lui, tout demeurait différent. Je devenais quelqu'un d'autre.

Abonnée à la liberté, aux relations sans lendemain, cela paraissait insensé de s'engager. Petit à petit, je me retrouvai à consacrer plus de la moitié de mon temps libre avec lui. Il m'accompagnait lorsque je devais effectuer un achat de meuble pour mon appartement. Sa présence s'imposa chez moi. C'était nouveau et à aucun moment je ne fis cesser ce processus d'insertion et de changement dans ma vie. J'acceptai et j'appréciai lorsqu'il parla de vivre chez moi ; cela ressemblait plus à une suggestion qu'à une intrusion.

Peu importe si Elle, la star, ne vivait plus. C'était futile d'être regardée et acclamée sans être aimée. Je voyais le monde d'une autre manière. Celles qui passaient à côté d'une histoire comme la mienne devaient être bien malheureuses et désespérées…

J'imaginais Enrique dans son fabuleux pays
où tout le monde jouait d'un instrument, où l'on
dansait sur de la musique latino, où toutes les fêtes les
plus incroyables se produisaient... Tout cela dans une
atmosphère dont le parfum ressemblait à celui d'une
poupée, une odeur de mauve, sucrée. Une sorte de
cocon merveilleux.

Un jour, Enrique m'avait confié un grand
secret qui me rapprocha de lui : dans le passé, dans
son pays, il avait auditionné pour une carrière de
chanteur, et il écrivait lui-même ses propres chansons.

« J'ai toujours eu le sens du rythme,
argumentait-il, j'étais fait pour devenir un grand
chanteur, j'écrivais des belles chansons d'amours sur
des musiques que j'avais moi-même composées. »

Et même ses amis l'approuvaient. Rien qu'en
l'écoutant, je pouvais le voir se produire dans une
fête, avec ses compatriotes.

Un producteur le convoqua après une audition
et lui manifesta de l'intérêt. Se sentant proche du but,
Enrique lui confia tout son travail. Puis il ne le revit
plus jamais. C'est alors qu'il entendit à la radio une
de ses chansons, chantée par un autre. Celui-ci
abordait le même look que lui, il eut du succès et
avait volé tout son travail. Enrique ne put jamais
récupérer ses biens et la gloire tomba sur un
imposteur. Il m'expliqua sur un ton amer:

« La justice de mon pays ne me rendra jamais ce qu'on m'a pris, c'est comme cela, là-bas ». Ce qui tacha le tableau de sa vie merveilleuse au pays.

Dès le moment où Enrique me révéla ce secret, je me sentis plus proche intimement et spirituellement de lui. C'était incroyable de savoir qu'il avait vécu une désillusion semblable à la mienne. Cela signifiait beaucoup plus que je ne l'aurais imaginé : nous étions pareils tous les deux. Des âmes sœurs, comme on dit. Je pouvais le comprendre et lui pouvait me comprendre. A nous deux, après notre désarroi, nous étions plus forts pour affronter nos déceptions et ce monde. Je vivais ainsi sur mon nuage, persuadée d'avoir trouvé ma véritable place. Je gagnais en assurance. Je faisais partie de ces filles qui, une fois en couple, regardaient les célibataires de haut, convaincues d'être indestructibles et de compter parmi les modèles de cette société.

Ma vie pouvait aller dans le même sens que celle d'Enrique, cela paraissait possible de lâcher prise. Je ne voulais plus me méfier et faire confiance à la vie. Je me préoccupais moins de mes amies. Je préférais me concentrer sur tous les moyens d'avoir Enrique pour moi toute seule et de le garder.

Je surfais sur une vague haute et étroite qui se rapprochait et s'éloignait de la terre. Je compris que tout le monde pouvait être heureux : bons, méchants, laids ou beaux. J'avais délaissé en grande partie ma superficialité. Fini le temps où je ne jurais que par les hommes célèbres et puissants, Enrique me suffisait et me paraissait séduisant. J'avais fait abstraction de tout ; qu'il venait d'une autre culture, qu'il vivait de manière plus modeste, qu'il ne possédait pas de voiture, qu'il ne m'offrirait jamais de diamants, qu'on n'irait jamais en vacances dans des lieux chics, etc…

Tout cela, tous ces désirs auxquels j'aspirais avec un homme, s'évaporaient avec Enrique. Cela demeurait une fixation et maintenant, mes désirs ne tournaient qu'autour de lui et de ce qu'il voulait. Je cessais d'être égoïste et je me sentais illuminée par une douce lumière qui me guidait sur un bon chemin.

Enrique se comportait d'une manière différente du fait de sa culture. C'était le garçon le plus souriant que je connaissais. Son sourire ne le quittait jamais. Il gardait le contact facile. Quand quelqu'un lui adressait la parole, il affichait un air disponible, prêt à écouter. J'avais l'impression qu'il tendait l'oreille quand je parlais, que mes paroles avaient leur importance. Pour lui, c'était normal d'inviter des amis à la maison ou de prendre un verre quelque part. Il était populaire et attirait l'attention de tout le monde.

Enrique savait s'amuser mais parfois nous passions nos soirées à discuter. Il sortait aussi de son côté et, même si je l'imitais, je ne regardais pas les autres hommes. Au bout d'un mois, il commença à envisager un mariage avec moi. Un mariage ! C'était trop beau ! Ma misérable vie se transforma : j'étais aimée par le plus garçon de Genève, et en plus, il envisageait de m'épouser ! J'étais comblée. Mes ambitions de briller en société, mon passé déchu, tout cela paraissait minime à côté de cela ! Se marier jeune, c'était rock-and-roll. Qu'importe si, professionnellement, je n'étais qu'une employée à la botte de Mlle Cash, pour moi j'étais avant tout la femme d'Enrique. Le quotidien le démontrait.

Enrique restait chez moi car il se trouvait un peu à l'étroit, à vivre avec quelques membres de sa famille. L'idée qu'il vienne habiter avec moi s'imposa naturellement, et se fit sans discussion ; il amenait peu à peu ses affaires et je les stockais. Enrique aimait me rappeler que les plus belles pierres du monde existaient en Amérique latine. Cela sentait les fiançailles à plein nez, à moins que tout soit erroné. Je le croyais sincère et à aucun moment je ne doutai de lui. J'étais amoureuse.

Lors d'une soirée où il me présenta à tous ses amis, Enrique déclara : « Nous sommes un couple cool », en passant son bras autour de mon épaule, comme pour signifier que j'approuvais ses propos. C'était vrai : bien qu'au début nous nous voyions et nous élaborions des projets, nous laissions à présent l'air passer pour ne pas devenir un vieux couple coincé et empêtré dans l'ennui. Il allait et venait dans l'appartement, nous nous croisions, et j'essayais de passer du temps avec mes amies. J'évitais de lui demander où il sortait, et quand je me le permettais, cela demeurait de la curiosité, car je refusais de devenir une ménagère mégère qui passait la corde au cou et étouffait son homme. Rien ne semblait plus débile que la jalousie, cela n'apporterait que de la pourriture à notre histoire. J'avais entièrement confiance en lui. Après tout, s'il s'était autant engagé, c'était parce que je comptais énormément pour lui, donc, il était inutile de semer le doute.

Enrique me présenta sa demi-sœur, Adriana. Moitié colombienne, moitié portoricaine, elle ressemblait à l'actrice Salma Hayek, tellement son faciès était typé. Cette rencontre fut pour moi réjouissante, et signifiait que j'étais intégrée pleinement dans la vie d'Enrique.

Adriana me briefa sur la Colombie et ses coutumes. Enfin, c'était ainsi que je voyais cela. Elle ne manquait pas de souligner régulièrement la nullité que présentait la ville de Genève : habitants frileux, ville froide et sinistre. Rien à voir avec son fabuleux pays où il faisait chaud, où le temps était toujours magnifique et où tout le monde était gentil.

Un soir, en rentrant d'une journée éreintante, Enrique m'avait réservé une surprise : il avait préparé lui-même un dîner typique de chez lui. C'était la première fois qu'un homme cuisinait pour moi. Et même cela paraissait loin d'être parfait, son sourire pallia tous les défauts possibles.

Bien sûr émanait de la chaîne hi-fi le son de la salsa ; « un CD de salsa romantica », précisa-t-il. C'était adorable. Rares étaient les hommes capables de ce genre d'attentions, tout en étant beaux et sexy en plus. J'étais comblée. Le paroxysme fut atteint au dessert lorsqu'il me présenta une bague en argent sertie d'une pierre ronde semi-précieuse transparente aux reflets bleu pastel. L'idée prit forme, ce n'étaient plus des paroles, il était sérieux !

Il me demanda avec son accent latino si je voulais l'épouser. Je semblai hésiter et lui ne souriait plus, il paniquait presque. Alors, je prononçai la phrase qui lui rendit son sourire craquant :
« Oui, Enrique »

A son contact, j'avais laissé ma part de
sophistication s'évaporer. Et je croyais qu'il le pensait
aussi. L'amour rend aveugle. L'amour invite au
pardon constant qui neutralise tout soupçon naissant.
Quand il annulait un rendez-vous, je cachais ma
déception. Après tout, il travaillait beaucoup, je
devais l'encourager au lieu de le blâmer pour son
absence. Je refusais de devenir une harpie étouffante
comme certaines fiancées de ses copains. Je restais
zen car tout semblait bien aller. La préparation de ce
mariage renforça les couleurs vives que prenait mon
quotidien, jour après jour. Ce mariage, c'était avant
tout une réunion d'amis. Je refusais de convier mes
parents car j'avais préféré renier mon père et laisser
ma mère avec son petit jeune. Mes parents
participaient à une compétition stupide : c'était à celui
ou celle qui s'affichait le plus avec de la chair fraîche.
Maman entretenait une préférence depuis toujours
pour les jeunots et papa cherchait des gamines à peine
plus âgées que moi avec lesquelles il pouvait partager
sa passion de la fumette. D'un certain point de vue, il
faisait d'une pierre deux coups : il remplaçait la mère
et la fille, ce qui paraissait tordu. Quant à Lotus, sa
fille œdipienne, il l'avait partiellement oubliée, mais
cela, elle l'avait cherché.

Enrique ne comprenait pas mes rapports anarchiques avec mes géniteurs. J'avais beau en expliquer les causes, elles ne rentraient pas dans son raisonnement. Cette incompréhension donnait lieu à des disputes. Il voulait à tout prix les rencontrer et pour moi c'était exclu. S'il rencontrait ma mère, elle me le piquerait. J'obtins gain de cause partiellement en proférant des menaces : annulation du mariage et évocation d'un conflit concernant ses cousines auquel je pouvais me mêler. Cependant, le sujet demeurait tabou et cela me décevait énormément.

Je voulais qu'il comprenne le mal que provoquaient cette situation familiale et les différences qui existaient entre nous. Tout le monde ne vivait pas de la même manière et il n'essayait même pas de se mettre à ma place. Ce genre d'attitude ne m'aurait pas touché de la part d'une autre personne, mais de lui, mon futur mari, la personne avec laquelle je partageais le plus de choses, cela me blessait. Malaise. Mais il ne fallait pas y prêter attention. Seulement simuler l'inexistence de ce désaccord et avancer ensemble.

Les cousins d'Enrique, ainsi que mes amies, seraient conviés au mariage. Enrique et moi n'étions pas riches, alors nous avions décidé de célébrer le mariage chez un ami à lui, qui possédait un grand appartement redécoré pour l'occasion. Je ne voulais pas d'une robe de mariée qui me déguiserait, je désirais simplement être la plus belle. Après tout, un mariage, c'était une fête comme une autre, avec plus de joie que d'habitude. Pour moi, cela représentait un événement victorieux durant lequel je savourais l'attention portée sur moi et un moment glamour avec mon homme.

Le jour J arriva. J'avais teint de larges mèches de cheveux en blond. Je m'étais acheté une jolie robe blanche qui me donnait des allures de Mlle Cash, assortie à des escarpins blancs. Ma chevelure paraissait disciplinée et bien coiffée. Enrique portait un beau complet noir et une chemise blanche. Il était magnifique. Nous ressemblions tous les deux à un joli petit couple sage. C'était parfait. J'étais belle, il était beau, nous étions bien ensemble et rien de plus que nous deux ne comptait. Le champagne et la bière coulaient à flot, les dragées aux couleurs pastel envahissaient notre environnement. La tante d'Enrique avait cuisiné pour l'occasion des plats typiques, qu'elle avait présentés sous forme de buffet, et elle avait confectionné un énorme gâteau à la crème. Grâce à nos amis latino-américains, nous avions réussi à obtenir tout ce qu'il fallait pour organiser ce mariage, à moindre frais.

L'ambiance semblait bon enfant. C'était un nouveau départ doucereux vers une vie plus facile. Désormais, je ne serais plus jamais seule, j'avais un mari à mes côtés, qui se substituait largement à ma propre famille débile. Et ce changement-là méritait d'être célébré. La vie pouvait devenir difficile et compliquée ; après l'orage, un bel arc-en-ciel se profilait à l'horizon pour faire place ensuite à un soleil radieux. L'espoir devait subsister en chacun de nous, et j'espérais communiquer mon expérience à ceux qui désespéraient parmi mes proches.

L'absence de certaines amies me surprit. Adriana m'expliqua qu'elle avait croisé l'une d'entre elles, qui se sentait déprimée. Elle ajouta qu'il fallait la comprendre, et que dans ces conditions, elle ne pouvait assister à mon mariage et devait être consolée par les autres. Brave Adriana, pensai-je ! Elle comprenait mes propres amies. Toutefois, cela parut étrange…

Je m'interdisais de penser que Sarah aurait dû vivre ce moment-là. Je réalisai plus tard que, inconsciemment, j'avais essayé d'être elle ce jour-là en imitant son style.

Enfin il se passait quelque chose de bien dans ma vie ! Cela aurait été bien si tout allait dans ce sens et que rien ne changeait. C'était ce que je croyais. Je vivais dans un halo d'illusions parce que je ne voyais pas tout et je refusais l'idée que le malheur, les aléas, les changements, construisaient une personne et la faisaient évoluer. Cela représentait un moyen de faire ressortir son humanité et d'acquérir davantage de personnalité, un certain état à la fin de sa vie. Je compris cela plus tard, lorsque la mienne s'acheva.

Je m'éloignais de plus en plus de mes amies depuis le début de ma relation avec Enrique. J'avais rencontré tellement de personnes liées de près ou de loin avec mon mari que je passais plus de temps avec eux, qu'avec elles.

Ce qui semblait incompréhensible, c'était l'absence de celles qui avaient accompagné ma vie, lors de la célébration de mon union avec Enrique. J'appris plus tard que les absentes n'avaient pas reçu d'invitation et, ayant su que je me mariais, elles se sentaient vexées et blessées de ne pas avoir été conviées.

Comment était-ce possible ? Cela devait être un accident, un malentendu…

Adriana avait bien envoyé les invitations. Sûrement un problème de poste.

Peu de temps après mon mariage, je reçus un coup de téléphone inattendu. A l'autre bout du fil, Lotus, ma sœur disjonctée, qui hurlait presque :

« Yououh ! Tu ne m'avais pas dit pour le mariage! »

Le ton paraissait plus surpris que fâché. Lotus ne m'appelait jamais. Ma mère la contactait de temps en temps. Elle avait dû lui pleurnicher la nouvelle.

« Oui, oui. Tu appelles depuis les Etats-Unis ?

— Oui. Pourquoi ?

— Parce que ça fait cher la minute de téléphone…

— Ah, bon? Tu crois ? »

C'était typiquement elle. Elle vivait sur une autre planète où elle ignorait les distances. Quand elle avait pris l'avion pour les Etats-Unis, elle avait dormi durant tout le trajet ; elle pouvait passer sa vie à dormir.

« Alors comme ça tu t'es mariée avec un latino-américain ? »

Et elle ajouta en hurlant :

« Trop cool ! On pourrait aller tous ensemble à Porto Alegre. »

Elle avait le don de sortir des phrases chocs.

« Euh, on n'a pas le temps de voyager.

— Mais enfin, t'es pas allée dans son pays ? C'est trop cool là-bas ! »

Elle allait me raconter ses derniers potins que je refusais d'entendre.

« Lotus, je t'abandonne, je dois partir. On en discutera une autre fois. »

Je ne l'avais pas laissée protester, j'avais raccroché. Elle ne manquait pas de culot. Déjà, elle avait souvent essayé de me piquer mes petits copains. Même si ce n'étaient que des garçons de passage, pour moi, ils m'appartenaient et j'en faisais ce je voulais. Les rares qui s'intéressaient à elle étaient des idiots finis. Qu'est-ce que cela pouvait lui faire que je n'aie pas encore visité le pays d'Enrique ? On en avait vaguement parlé et il avait invoqué le fait que, financièrement, ce n'était pas possible pour le moment mais qu'on le ferait bientôt.

Quelle fierté pouvais-je afficher lorsque j'annonçai que, dorénavant, je serais Mme Morales et non plus une Mademoiselle ! Pauvre Mlle Cash ! Elle avait beau nager dans l'argent et être fiancée, elle n'était pas mariée avec l'homme le plus sexy de la ville. Elle ne possédait pas cela, et mon ego s'en trouva bien gonflé. Cela ressemblait à une riposte virtuelle à ses manifestations de domination.

Les gens d'Amérique latine étaient simples et moins exigeants que nous. La plupart d'entre eux vivaient modestement, alors qu'ici, avec tout ce qu'on avait, on en voulait toujours plus, et égoïstement, par-dessus le marché. Parce que chez eux, la solidarité et l'esprit de famille régnaient. Et j'adhérais complètement à ce point de vue. Sûrement parce que je souffrais de cette attitude européenne de laisser les autres dans leur solitude comme mes parents avaient agi. On critiquait les pays d'Amérique latine pour leur manque de vigueur économique et leurs problèmes politiques, mais eux, au moins, n'avaient humainement aucune leçon à recevoir de l'Europe. Eux, au moins, n'étaient pas matérialistes. Je cultivais un côté antimondialisation amplifié par le fait de travailler pour cette grosse capitaliste de Mlle Cash, dans l'empire de l'argent. En réalité, j'étais très influencée par Enrique et je pouvais le suivre les yeux fermés dans son clan. En me mêlant à eux, j'oubliais qui j'étais et d'où je venais. Je ne m'intéressais qu'à ses amis bien qu'il ne se comporte pas de la même manière avec les miens. Mon identité s'effaça pour s'échanger contre celle de Mme Morales, une apprentie latina qui n'écoutait que de la musique latino, qui ne cuisinait que latino, et qui pensait comme eux.

Maloempanada, alias Malo, déboula dans mon existence comme un malheur qui me tomba dessus alors que je n'avais rien demandé et qui suçait mon sang comme un vampire, pour m'achever. La première fois que je la rencontrai, je ne la vis pas du tout comme un danger, mais comme une bénédiction. Elle était colombienne. La ville de Leyva m'avait ouvert les bras quand je me trouvais menacée, j'avais bénéficié d'attention, de chaleur, d'humanité de la part de ses habitants alors que j'étais perdue. J'étais redevable, et en même temps les sermons religieux imprégnaient mon esprit, la foi semblait se développer ; il fallait aider son prochain, et donner.

Une amie d'Enrique me la présenta, et quand j'en appris plus sur elle, mon cœur s'ouvrit. Elle avait émigré en Suisse pour des raisons économiques. Elle venait d'une petite ville de Colombie et travaillait ici comme femme de ménage en espérant se marier et mettre au monde des enfants. Cette version officielle amplifia mes élans. Quelle femme courageuse et méritante ! Elle devait avoir traversé beaucoup d'épreuves, comme renoncer à vivre dans son propre pays pour une existence ingrate dans une ville étrangère. C'était méconnaître la véritable sangsue qui vivait en elle. Ses réelles intentions s'avéraient diaboliques.

Je désirais accueillir dans ma vie Maloempanada de la même manière que la ville de Leyva m'avait accueillie. Lui offrir mon amitié sans limite, l'aider si elle avait besoin de moi, lui donner ce que je pouvais lui donner sans rien demander en retour. La considérer comme une amie proche, et non pas comme une connaissance. Etre là lorsqu'elle avait besoin de moi. Quelque part, cette amitié représenterait aussi un changement dans mon existence : au lieu de ne compter que des Suissesses ou des Européennes dans mon cercle d'amies, je m'ouvrais à autre chose. Bien sûr, je fréquentais la famille d'Enrique, mais cela s'imposait, et provenait du « package » : l'homme avec ses défauts, ses qualités, sa famille et ses racines. Tandis que Malo, je l'avais choisie, je désirais la rapprocher de moi et la considérer comme un membre de la famille. Ainsi, je me sentais encore plus proche d'Enrique, sans risquer de tomber dans une situation délicate, car on pouvait tout dire à une amie, pas à la famille de son homme.

Elle me regardait, l'œil mauvais, ce que je refusais d'admettre. Elle ne s'intéressait qu'à la gent masculine, la seule capable de lui fournir la substance nécessaire à la production des petits. Eh oui, Malo était une fille sans cervelle qui ne s'intéressait qu'à la bagatelle, la bagatelle traditionnelle et formelle. En plus de sa fonction biologique, l'homme possédait une fonction économique, car grâce à son compte en banque, il pouvait la gâter, financer sa vie, ainsi elle n'aurait pas à travailler. Malo ne ressentait aucune honte vis-à-vis de ses choix et de son manque d'ambition. Après tout, la société glorifiait toujours la maternité et la considérait comme l'état suprême d'une femme, le symbole de la féminité ultime. Cela réjouirait sa famille restée au pays. Pour elle-même, cela constituerait une occupation et l'accomplissement d'elle-même. Personne ne viendrait la contredire ou la remettre en question car elle croyait avoir raison. Qu'importe ce que pouvaient penser les Suisses, cela ne les concernait pas. Le fait de s'intégrer ne l'intéressait guère, rester dans sa communauté la rendait fière.

Cela aurait pu rester innocent. Sauf que celle que je considérais comme une amie désirait me massacrer. Et cela je l'ignorais. Si seulement j'avais su !

Derrière sa masse de cheveux épais teints d'un ton jaunâtre contrastant avec ses racines noires et ses yeux marron se cachait une sorcière. Ce qui se tramait, je l'appris plus tard. Et cela justifia mon jugement sévère envers elle.

A cause d'elle, l'inimaginable se produisit, bien après mon mariage.

J'adorais les enfants. Leur innocence les rendait touchants et inspirait l'indulgence. Ils possédaient une sorte de pureté aliénée par l'influence de leurs parents. Les fils de bourgeois devenaient bourgeois, les enfants de racailles devenaient racailles. Si leurs géniteurs ne leur posaient pas de limites, ils n'en avaient pas et, dans le cas contraire, ils les respectaient rigoureusement.

Longtemps, j'avais pensé qu'un jour je serais mère. Cela changea lorsque je perdis Sarah. Le dégoût provoqué et la révolte qui m'habitait me découragèrent de cette idée. Je refusais d'imposer à un enfant ce monde pourri où il serait malheureux. Lorsque je rencontrai Enrique, mon point de vue se modifia. L'idée d'avoir un jour un petit Enrique ou une petite Nicki m'enchantait. De plus, c'était l'occasion de m'éloigner moralement de cet emploi chez Mlle Cash, en me focalisant plus sur l'enfant. Seulement, je devais être sûre qu'une personne pourrait le garder durant la journée, car financièrement, je n'avais pas les moyens de m'arrêter de travailler.

J'avais déchanté sur ces jolis projets lorsqu'Adriana me confia ses enfants durant tout un week-end. Trois enfants d'un coup ! Enrique s'absenta beaucoup, entre les sorties avec ses copains et ses cours de salsa. Je me retrouvai seule avec eux. D'habitude calmes comme la plupart des enfants, ils devinrent infernaux ! Ils profitèrent du fait que j'étais « tata » et pas « maman » pour tout se permettre. Et moi, je manquais d'autorité parce que je n'y étais pas habituée.

Les enfants représentaient un travail énorme, et plus qu'à plein-temps. Il fallait constamment les surveiller, du matin au soir. Mes copines m'avaient appelée pour me proposer des sorties, j'avais dû refuser. Les petits se réveillaient tôt et refusaient toute proposition de sieste. Il fallait les faire manger, les calmer, les faire tenir à table, les nettoyer toutes les deux minutes parce qu'ils se salissaient. Ils se chamaillaient et hurlaient si fort que mes oreilles avaient dû se percer. Ce que j'ignorais, c'était qu'à l'extérieur, Adriana jouait à la mère sévère et que, en privé, à la maison, elle les les laissait tout faire. C'était son truc à elle pour avoir la paix.

Je me souviendrai toujours de ce détail final qui lâcha à jamais la belle image que je m'étais faite d'elle : elle était censée revenir dimanche à seize heures, elle se pointa à vingt heures trente, sans aucune excuse. Etouffée par ces circonstances, et surtout fatiguée, je n'émis aucun commentaire car l'expression de mon visage parlait toute seule. Le lendemain, je devais retourner travailler, sans avoir pris la peine de me reposer. Astucieuse, je décidai de rester au lit tout le lundi, j'avais appelé le bureau de Mlle Cash en prétextant une gastro attrapée durant le week-end.

Avec le temps, je me demandais si j'avais une place dans la vie d'Enrique, bien qu'au début il me consacrait beaucoup de temps. Après cette union, à ses yeux, je ressentais une dépréciation de ma valeur. C'était peut-être cela l'effet du mariage : de l'habitude, de la routine, de l'ennui, que de l'acquis, donc plus de passion. On faisait partie des meubles. D'ailleurs, c'était peut-être pour cette raison que j'étais au départ anticonformiste et anti-mariage. Mes parents, par exemple, n'allaient pas ensemble. Ils désiraient être anti-conventionnels, et s'enfonçaient dans une union catastrophique à l'intérieur, derrière de belles apparences. Je les trouvais nuls, tous les deux ensemble, et les événements me donnèrent raison puisqu'ils s'étaient séparés. A se demander pourquoi ils avaient des enfants. La réponse se présenta toute seule : pour faire comme tout le monde et sûrement pour ressembler aux couples nigauds des publicités, qui se croyaient malins avec leurs mioches, comme ceux qu'on voyait conduire leurs voitures familiales comme s'ils n'incarnaient que ce rôle-là sur Terre. Ou même, des pauvres victimes, justifiant leurs erreurs et leurs échecs par leurs enfants :

« Si on n'avait pas d'enfants, on ferait cela et on ne ferait pas cela. »

Il me semblait d'ailleurs que notre présence avait dénigré leurs idéaux anticapitalistes :

« Parce que les enfants, ça coûte, il faut travailler pour subvenir à leurs besoins. »

Cela ressemblait un peu à cela, leurs divergences. Entre ma mère, qui travaillait, essayait de toucher un peu à ses responsabilités, et évoluait, et mon père, qui se contentait de vieillir physiquement mais qui, moralement, voulait rester encore sous l'influence de sa mère, de ses copains, de ce qui était cool à son époque et des idéologies qui traînaient avec.

J'accumulais les soirées latinos, à boire trop de bière et à danser la salsa avec ses amis et de moins en moins avec lui. Petit à petit, un détachement de sa part se faisait sentir. Je pensais que je devais me rapprocher plus de sa culture pour que tout redevienne comme avant. Enrique devenait de plus en plus occupé. Et par une belle fin de journée d'été passée chez sa cousine et toute la smala, je repensai à son absence de la veille qui fit évanouir ma bonne humeur habituelle. C'était à ce moment-là que mes yeux s'ouvrirent et que le filtre placé devant s'évapora. Ce n'étaient pas de vraies amies. Pourquoi ? Parce que d'abord elles me regardaient bizarrement. Ensuite, la phrase qui prépara l'explosion sortit de ma bouche :
« Je rentre chez moi.
— Non ! »

Elles insistèrent pour que je reste. Et le fait qu'elles se comportent de la sorte déclencha en moi de la méfiance. Leur visage changea. Ce refus de me laisser partir ne ressemblait en rien à de l'hospitalité, même si elles me versaient de la bière dans mon verre. Elles voulaient me saouler. C'était presque comme une question de vie ou de mort que je reste. Avaient-elles décidé de m'assassiner sans témoins ? Cela paraissait absurde, mais leur attitude étrange installa une atmosphère qui ressemblait à un cauchemar.

J'avais reniflé une mauvaise odeur qui signifiait que quelque chose se préparait ou était en cours. Cela semblait inexplicable et incessant, mais un manque de visibilité apparaissait de manière persistante. La vie pouvait être un cauchemar, et cela je le savais. Il valait mieux les affronter, là, tout de suite, mais elles étaient plusieurs. Pour amortir le choc, je décidai de réagir par la ruse et si cela ne fonctionnait pas, je me laisserais l'occasion d'exploser. Je bus deux bières et je me levai en gloussant que j'avais tellement bu que je devais aller aux toilettes. Elles me proposèrent de m'escorter, je refusai en prenant une mine pas fraîche, celle de la fille trop saoule pour s'enfuir. En réalité, je filai discrètement vers la porte d'entrée et je m'éclipsai.

Je retournai à la maison d'un pas pressé avec l'envie de retrouver le confort de mon chez-moi et de me protéger de ces filles bizarres. Le changement d'ambiance m'incita à retrouver mon refuge, car c'était ici, à partir de ce sas, que cesseraient les cauchemars. Notre cocon à Enrique et moi. Il faisait encore jour, le ciel bleu ne comportait que quelques petits nuages, la clarté de l'été envahissait tout, la rue, les immeubles, et même les estivaux qui s'agitaient. La température restait douce, et seule une brise de fraîcheur émanant du lac pouvait l'abaisser légèrement. Les jours paraissaient comptés face à l'automne frissonnant, mouillé de pluie et de gris. Il fallait profiter de ces belles journées et de ces belles soirées en plein air, à se dorer la peau, à s'amuser, à rencontrer des gens…

J'ouvris la porte de l'appartement, qui semblait occupé. De la musique latino résonnait depuis la chaîne hi-fi. Enrique devait être là. J'entrai dans notre chambre.

D'abord le silence, comme si je refusais de percevoir le moindre bruit autour de moi ; j'aurais pu tout entendre, le bruit de la télé, des éclats de voix des copains d'Enrique, ou même la voix d'Adriana. Au lieu de cela, les sons de la réalité furent le froissement des draps, des soupirs, et le bourdonnement de deux insectes en train de copuler.

J'aurais peut-être voulu ne pas être là, comme un enfant qu'on doit protéger des horreurs de ce monde, mais je n'étais plus une enfant. Seuls mes yeux fonctionnaient. Et en peu de temps, tout, absolument tout, se transforma : ma vie, mes sentiments, mon avenir, ma bonne humeur, mon visage. Intrusion dans mon bonheur. Brusquement, le son revint de nouveau et il fallut réagir.

Un cri émanait du fond de ma gorge nouée. D'abord étouffé, puis aigu, d'une douleur forte marquant l'absence d'anesthésie. Ils arrêtèrent leur truc dégueulasse – seuls ces termes pouvaient décrire ce qu'ils pratiquaient, parce que je ne pouvais pas comparer cela à mes ébats avec lui, ni à ce que je faisais auparavant avec d'autres hommes – et me regardèrent, gênés. La voir elle, Maloempanada, toute nue avec lui, c'était vraiment dégoûtant. Elle paraissait si laide que personne, ni homme, ni femme ne pourrait vouloir d'elle. Lui était à moitié habillé, le détail qui démontra que c'était elle qui avait cherché l'acte. Elle voulait le mariage, mais pas dans le bon sens puisqu'elle avait mis le grappin sur un homme marié. Peut-être aurais-je dû penser en premier : quel désespoir vivait en elle pour forniquer avec un homme marié au lieu d'un célibataire ? Derrière sa gêne à lui, je me demandais ce qui le troublait le plus : le seul fait d'avoir été pris la main dans le sac ou de subir l'intrusion d'une voyeuse en plein ébat ? Ou le fait que je l'aie vu se « dévouer » envers un laideron ?

En si peu de temps, et juste par l'horrible spectacle auquel j'assistai, ma vie changea. Tout se brisait en mille morceaux : l'amitié, l'amour, la confiance, la compassion, la compréhension. Tout changera avec ce que dirai et ce que je ferai, et j'allais tout déclencher pour ne pas vivre dans l'hypocrisie, pour ne pas me mentir à moi-même et ne pas jouer la comédie du bonheur. Je commençai violemment par frapper tout ce que je trouvai sur mon chemin : bras, jambe, oreiller. Je le frappai lui et je la frappai elle. Je les insultais et je devenais tellement hystérique que je me faisais peur. Quand ils comprirent qu'il valait mieux s'enfuir, ils le firent en petite tenue, presque nus, et ils parurent ainsi ridicules de défiler comme ça sur le palier. Les voisins penseraient ce qu'ils voulaient, j'étais chez moi. Je refermai la porte violemment, mais la fureur ne s'arrêta pas. Alors, je pris ses affaires et je les balançai dehors, sur le palier et par la fenêtre. Tout ce qui lui appartenait, les gris-gris de son pays, les souvenirs de sa famille, passaient en dehors de chez moi.

C'était si facile de tout briser rapidement. Le bonheur était fragile, un vrai château de cartes qu'un simple petit souffle pouvait détruire. Et eux deux, ils l'avaient fait. Ce n'était plus Nicki et Enrique, mais Maloempanada et Enrique. S'il ne l'avait pas fait ici, s'il n'avait pas pensé à le faire, s'ils n'avaient pas pensé à se voir, et si, et si…

C'était incroyable de réaliser que, dans la vie, le moindre acte pouvait changer le cours des choses et provoquer un enchaînement d'événements dans le temps. Qu'un seul acte pouvait changer le cours d'une vie pendant des mois, voire des années, et que tout serait différent si cela n'était pas arrivé. Seule une possibilité est retenue, l'autre, la supposition, reste dans l'inconnu.

Juste à partir de quelques petits mensonges, l'homme mettait un pied à la destruction lente d'une relation, en entamant le début des craqures.

Je vivais dans une bulle de savon transparente aux reflets colorés. Une bulle bien fermée, où toute ouverture, aussi minuscule qu'elle pouvait être, menaçait de l'éclater et de rompre ainsi le charme. Qu'importait sa composition, savon propre, savon sale, éphémèrement mousseux, elle prenait une apparence jolie et évasive. Ce fut une sorcière de la pampa qui l'éclata. Cela aurait pu durer des jours, des mois, des années ; j'avais consumé ma vie dans ce mensonge permanent et bien ficelé, qui ne profitait qu'à lui. Même en remontant dans le temps, rien n'aurait pu empêcher ce mariage. J'étais prise une fois de plus dans un tourbillon, comme lorsque je m'étais fait arnaquer par John Schwein. Pourquoi, pourquoi tombais-je sans cesse dans des pièges ? Une fois ne m'avait pas suffi ? Allais-je continuer ma vie comme cela, à me faire arnaquer par tout et tous ? Pourquoi évoluais-je si désarmée dans une jungle remplie de rapaces ? Devais-je cesser de faire confiance aux autres ? A la vie ?

Existait-il quelque chose ou quelqu'un auquel je pouvais me rattacher ?
Apeurée, cassée, j'étais. Toujours à cause d'un sale type. D'abord un sale type qui brisait mes rêves et mes ambitions professionnelles, puis un autre pour mettre à feu et à sang ma vie sentimentale. Quelle idiote j'étais de prendre parti pour la cause masculine, de manquer de solidarité envers mes pairs. Ignorer ces sales types s'avérait être la meilleure solution.

C'était incompréhensible. Pourquoi tromper une belle fille avec une laide ? Il aurait pu le faire avec d'autres, alors pourquoi se contenter d'une maîtresse, aussi laide que Maloempanada ? On pouvait me critiquer, mais moi, j'avais été mannequin alors qu'elle pouvait postuler uniquement dans la catégorie laideur exotique. Avec elle, il n'avait que la langue et la culture en commun. Bien sûr qu'elle aurait pu jouer à l'épouse soumise, mais c'était avec moi qu'il était marié ; elle ne pouvait pas incarner ce rôle !

Une fois de plus, elle avait tout faux. Et puis, un homme comme lui, aussi beau, avait la capacité de se satisfaire avec une belle fille mieux que moi. Au lieu de cela, il prenait le niveau inférieur. Qu'est-ce qui pouvait se passer dans sa tête, au point de se faire prendre la main dans le sac, avec quelqu'un qui ne lui apportait rien et qui n'en valait pas la peine ?

Une personne osa sonner à ma porte.
Enrique ? Venait-il s'expliquer ou s'excuser ? Ou
étaient-ce les deux qui réclamaient pitié ? Non, je les
avais sûrement effrayés avec mes hurlements. Une
visite ? Je ne me sentais pas d'humeur à affronter des
amies qui me parleraient de leur vie. Toutefois, en
espérant secrètement que ce soit Enrique, j'ouvris la
porte.

C'était Claudia, une Péruvienne bien intégrée
et ouverte, que je connaissais depuis ma relation avec
Enrique. Ses relations avec les membres de la famille
d'Enrique demeuraient distantes ; elle les croisait et
les saluait sans se lier véritablement. Je faillis
l'offenser avec ce qui me restait de rage. Je tentai de
me calmer et je bredouillai qu'elle ferait mieux de
partir, mais elle insista pour me parler franchement.
Je cédai car, inexplicablement, elle apparaissait
comme une vraie amie, une seule personne propre
dans un container à ordure.

Elle m'expliqua avec beaucoup d'honnêteté la raison de tout ce désastre, l'horrible vérité que j'ignorais, ou que je refusais de voir : Enrique s'était marié avec moi pour les papiers.

Alors, je n'étais que cela. Des papiers. Et bien sûr, je demeurais trop égoïste pour comprendre. Je vivais dans un pays développé. Je m'inquiétais des malheurs dans le monde en consultant la presse, mais quelques secondes seulement et à distance. J'aurais pu accepter d'octroyer un geste de bonne volonté à l'insu de mon plein gré, plutôt que de songer uniquement à ma personne, tellement petite et misérable qu'elle devait disparaître.

Encore naïve, je désirai me confier à Adriana en espérant qu'elle me comprendrait, qu'elle compatirait, qu'elle prendrait ma défense et qu'elle raisonnerait son frère. Je fis part de cette idée à Claudia, qui m'expliqua qu'Adriana soutenait son frère et l'avait encouragé à m'épouser pour les papiers. Elle aussi se positionnait contre moi.

Cette révélation me rendit sceptique. Je pris le temps d'y réfléchir et de plonger dans le passé en me remémorant tous les instants vécus avec un autre point de vue, plus neutre et terre-à-terre, comme s'il s'agissait d'événements qui ne m'appartenaient pas. Je compris, jusqu'à cette histoire de garde d'enfants durant un week-end, qu'Adriana n'était pas une vraie amie, mais une profiteuse. Combien de fois m'avait-elle réclamé de l'aide ? Combien de fois m'avait-elle demandé de l'aider à remplir des papiers, de garder ses enfants gratos, de lui avancer de l'argent sans qu'elle me rembourse ? Chaque fois que j'avais besoin d'un service, elle affichait une expression désolée et trouvait un prétexte pour se dérober. Elle adorait s'apitoyer sur son sort avec son éternel « trois enfants à Genève », son refrain préféré dans sa complainte régulière. Comme si on l'avait obligée à les faire ! La pilule coûtait moins cher, c'était un investissement rentable, mais la pauvre, elle ne savait pas calculer. Et moi, bonne poire, je compatissais.

J'étais Enriquophile, je devenais Enriquophobe.

Plus tard, je compris qui il était réellement ; quelqu'un qui doutait de lui, se dévalorisait, et de résolument doué pour le malheur. Si on lui donnait un billet de loterie gagnant, il ferait tout pour le perdre. Après, c'était facile de se plaindre, d'affirmer que tout était difficile en Suisse et que les gens étaient méchants. C'était ce qu'il rabâchait, et il tenait régulièrement ce discours. Il adoptait la stratégie de l'homme abandonné et désespéré pour se faire consoler auprès des femmes et tout obtenir de leur part. Et évidemment, une femme sentimentale ne pouvait s'empêcher de compatir et de chercher à tout prix à le consoler. Cela commençait ainsi jusqu'à se faire gruger par la fausse victime. Fausse victime, mais vrai bourreau, elles ignoraient leur véritable rôle.

Enrique se comportait de manière séductrice avec les filles. Il les attirait, ce qui satisfaisait son ego. Nous aurions pu nous rapprocher, si nous avions entretenu une relation sincère où chacun ne craignait pas de montrer ses faiblesses. Cependant, ce genre de chose s'avérait impossible avec les hommes. Il ne fallait pas oublier que, par fierté, ils étaient capables de compliquer les choses au lieu de les simplifier, de rester dans un monde d'illusions qui les confortait, tels des bébés, plutôt que d'affronter courageusement la vérité. Enrique aurait pu rester avec moi, mais déjà, cela paraissait impossible puisqu'il voulait m'utiliser. On n'annonce pas à quelqu'un :

« Salut, j'ai besoin de toi pour avoir les papiers. Dans ce pays, cela m'aiderait à réussir ma vie, parce qu'ici, comme étranger, avec toutes ces difficultés administratives et économiques, je m'en sors pas et ça me complexe. On peut faire semblant d'être ensemble et je jouerai à l'homme amoureux. Ça te va ? »

Il voulait changer ma vie et j'y croyais. Il faisait des trucs que les autres ne faisaient pas. Il jouait à l'homme gentil, prêt à tout pour moi. Il suivait à la lettre le scénario des contes de fée pour mieux me tromper. Son intérêt d'abord. Tant pis pour moi, pour tout ce que je ressentais. J'aurais dû m'appeler Maloempanada et naître ailleurs. Peut-être que j'aurais eu de meilleurs parents. J'aurais aussi galéré mais au moins, j'aurais eu de la sincérité.

Je le détestais et de ce fait, je ne pouvais l'ignorer. On se retrouvait juridiquement liés, cela compliquait la rupture. Je ne pouvais l'effacer. Or, l'ignorance demeurait plus forte que la haine. Il incarnait toujours un rôle dans ma vie. Tout ce temps passé avec lui, j'aurais pu le passer avec d'autres personnes, peut-être avec quelqu'un de sincère. Cela m'aurait épargné toute cette peine qui débordait en moi. Je ne savais plus vraiment comment avancer. La vie ressemblait à un parcours d'échec pour mieux s'échouer dans la douleur et le désespoir. Née pour souffrir, j'étais. Personne ne pouvait remonter dans le temps pour éviter que tous ces événements se produisent. Moi, je tentais surtout d'observer mon attitude dans le passé. Aurais-je pu éviter cela ? Avais-je négligé des indices me permettant de découvrir la supercherie ?

J'avais envie de la détruire, elle. De quel droit venait-elle s'immiscer dans ma vie ? De quel droit osait-elle séduire mon mari ? Dans son pays bien catholique, on connaissait la valeur du mariage. Alors cette catholique soi-disant bien pensante osait renier les principes qu'on lui avait enseignés ? Elle croyait qu'elle pouvait tout se permettre en Suisse ? Pourtant, ils partageaient avec ce pays certaines valeurs. Tout ne demeurait pas si différent. De toute manière, moi ou une autre Européenne aurions subi cela. Elle haïssait les Européennes et n'appréciait que les gens de son pays.

L'événement douloureux bouleversa tout. Mes pensées, mes envies, mes projets, mes journées et mes heures. Ces images à censurer hantèrent mon esprit au point que j'aurais fait n'importe quoi pour les effacer.

Le pire dans ce genre de situation, c'était le réveil le lendemain. J'avais passé la soirée à absorber un demi-litre de vodka ou plus, je ne me souvenais plus si j'avais tout bu ou si dans ma folie j'en avais déversé par terre ou par la fenêtre. Il régnait une odeur de vodka et de cigarettes. Je me revis acheter deux paquets et un briquet dans le tabac-journaux du coin et les griller à la maison. Je recréais l'ambiance étouffante de chez mes parents qui enfumaient l'appartement à coup de clopes et de pétards. J'avais supprimé ces derniers. Jamais je ne trahirais Sara-Lena. Même désespérée. Je l'étais vraiment. Le plus dur, ce n'était pas de vivre l'épreuve mais de me réveiller le lendemain.

J'émergeai donc de mon coma éthylique le lendemain après-midi. Et je vécus les moments les plus difficiles parce qu'il fallait que je me raisonne, que je me remémore les événements de la veille, et surtout, le pire, que je me convainque que ce n'était pas un cauchemar mais la réalité. J'avais l'obligation d'être une grande fille forte et de prendre en pleine figure cette foutue vérité ainsi que toute l'horreur et la raison qui l'entouraient. Je devais faire cet effort-là sans l'aide de personne. Ce n'était pas lui qui m'aiderait. L'allié m'avait trahi et je me demandais même si à ce niveau je n'allais pas me trahir moi-même, perdre la raison, devenir folle. Rien ne s'arrêtait. C'était le silence et en même temps, une machine partant à toute vitesse, à une allure folle, pleine de brutalité, sans demander mon avis. Et je me retrouvais ainsi au réveil à marmonner n'importe quel mot qui me passait par la tête, même les plus choquants, tel un zombie parmi les vivants. S'il fallait que je m'enfonce, alors autant le faire dans les règles de l'art. Autant ressentir ma peine comme il faut. On m'avait blessée gratuitement, sans penser aux conséquences. J'avais baigné dans une naïveté tellement flagrante que je ressemblais à une idiote. J'avais foncé dans le tas et peut-être que j'étais déjà désespérée avant, ce qui expliquerait alors mon erreur ; j'aurais dû réparer cet état-là en analysant mes véritables besoins, leurs raisons et comprendre comment vivre avec, en y incluant toute la philosophie nécessaire.

La vie ne m'avait fait que des cadeaux empoisonnés. Cependant, j'avais quand même continué ma route et maintenant je me retrouvais encore plus bas. Ce qui était arrivé dans mon existence ne pouvait s'effacer du jour au lendemain et encore moins dans une ville comme Genève. A chaque coin de rue se présentait le risque de croiser les participants de cette catastrophe : les amis des monstres, la famille des monstres, les gens qui les côtoyaient, et les gens qui nous avaient vus ensemble.

Mine de rien, cela ne ressemblait pas à la petite histoire stupide d'un soir ou à un flirt d'adolescents dans la cour de récréation qui finissait en queue de poisson. Un appartement ensemble et un mariage prononcé. Les dégâts demeuraient marqués officiellement, jusqu'à aliéner mon identité. Mme Morales ? Mme Cocue ? Mme Faux ? Morte, Nicki ! Décidément j'avais trop donné de ma personne : mon amitié, ma générosité, mon temps, ma confiance. Personne ne compatissait, tout le monde se trouvait derrière les monstres, face à moi. Comme si j'étais une pauvre fille nulle, idiote et surtout pas à plaindre, qu'on enfoncerait jour après jour. Qu'est-ce qui pouvait me faire avancer maintenant ? Où se trouvaient les bonnes raisons ? La douleur émanant de cette blessure qu'on m'avait infligée supplantait les désirs de vengeance. On disait que ce n'était pas bien, la vengeance, et je pensais plus à une revanche, afin de passer un peu de pommade sur le peu d'amour-propre qui me restait. J'étais condamnée à vivre, alors autant panser un millimètre d'une plaie d'un kilomètre, même si cela paraissait désespéré. Juste pour essayer de vivre.

Il fallait sortir de cette situation pourrie. Couper les liens avec Enrique. Mettre fin à ce mariage par un divorce qui serait un enfer pour lui. Et pour les autres, peut-être ? Sûrement pas. J'aurais beau les insulter, ils ont tous les gens de leur communauté avec eux pour me discréditer et me prendre pour une folle. Et puis je ressemblais à une raciste, n'est-ce pas ? J'étais une vilaine fille raciste qui s'était bêtement mariée par amour à un étranger. D'une certaine manière, cela ne servait à rien de s'acharner sur eux. Je devais employer mon énergie à reconstruire ma vie plutôt qu'à les embêter. Mais pour ce divorce, il en baverait. Je voulais qu'il en bave à travers cette procédure qui semblait tout aussi humiliante, car elle affichait mon erreur devant plusieurs personnes.

Quelle ironie ! S'appeler Morales et ne pas posséder une once de morale. S'il voulait jouer à ce jeu-là, il se trouvait parmi les perdants. De la morale, il n'en fallait pas pour épouser quelqu'un pour les papiers, et encore moins pour coucher avec deux filles. Et encore, il devait sûrement le faire avec d'autres.

La situation rendait mes pensées complexes. Chaque jour qui s'écoulait, je me remémorais dans ma tête tout ce qui s'était passé entre nous. Je décryptais tout : le moment, l'intensité, mes expressions, ses expressions, mes sentiments et toutes les suppositions sur ce qu'il devait ressentir pour moi. Du dégoût ? C'était peut-être dégoûtant pour lui de s'afficher avec une fille comme moi. Avec lui, j'étais Nickelange. Je voulais le soutenir et l'aider dans toutes les circonstances inimaginables. Pour la première fois de ma vie, je désirais tout donner à quelqu'un. Tout. Sans jamais émettre aucune critique, aucun jugement envers lui. Quelqu'un qui aurait été officiellement toute ma vie. Qu'était-il arrivé ? Comment cela avait-il pu se passer ?

Je n'avais pas perdu qu'une habitude. J'avais été transformée à son contact et maintenant, je ne savais plus qui j'étais.

Devais-je tout modifier? Personne ne voulait changer sa vie, tellement le changement pouvait être angoissant. Que je l'accepte ou non, de toute manière, cela se produisait. J'avais commencé une série d'actes excessifs de riposte qui accentuaient l'angoisse et le danger.

Je n'y connaissais rien à ces histoires juridiques car, de toute manière, on ne divorce pas tous les jours. Personne n'était censé visiter régulièrement un avocat pour la forme. Il fallait que je comprenne ces trucs-là pour agir radicalement au plus vite. Grand branle-bas, j'appelai toutes mes amies. Comme elles n'étaient pas mariées, cela semblait saugrenu, mais le bouche-à-oreille fonctionnait. J'appris que je devais prendre un avocat. Cela ne semblait pas anodin, difficile et compliqué à mes yeux, ce qui me démangeait et renforça mon malaise. Apparemment, le divorce ne se ferait pas du jour au lendemain, ce qui apparaissait comme une menace pour ma santé mentale : je venais de vivre un traumatisme, je devais oublier tout cela et passer à autre chose, et ces foutues lois m'en empêchaient. Je n'aurais jamais dû me marier. J'avais raison, avant.

J'avais jeté les affaires qui restaient, et surtout, ses disques de salsa et autres trucs latinos qu'il écoutait tout le temps, même quand il s'envoyait en l'air avec une autre. Il me saoulait avec, et moi, bêtement amoureuse, j'ignorais le martyre de mes propres oreilles qui sifflaient lorsqu'il passait pour la énième fois le même morceau latino crétin. Jamais il ne prêtait attention à l'un de mes disques, il ne prenait même pas la peine de s'y intéresser.

J'ignorais pourquoi j'avançais, mais j'avançais. Les douleurs de la vie créaient des empreintes qui ne se refermaient presque pas et qui pouvaient paralyser. Peut-être que j'avais évolué. Je ne le discernais pas vraiment car cela s'avérait difficile lorsque l'on vivait les choses de l'intérieur, mais ensuite, avec le recul, j'avais réalisé que j'avais avancé dans mon existence. Car les aléas pouvaient donner une grande impulsion. Si on prenait la peine d'être attentif, de réfléchir et d'essayer de comprendre, on pouvait en tirer l'enseignement nécessaire pour avancer. Cependant, un bon nombre de personnes subissaient les mauvais moments sans vouloir prendre cela comme un moyen d'évoluer.

Je devais me réhabituer à vivre seule. Au début, la tranquillité me manquait du fait qu'il venait me harceler. Je me sentais comme une proie sur laquelle il voulait mettre le grappin. Je l'avais repoussé deux fois et au bout de la troisième, je l'avais violemment giflé sur le palier au point qu'il perdit l'équilibre. Je hurlai :

« Ça suffit, pars, laisse-moi tranquille, sinon j'appelle les flics !

—Arrête! »

Effectivement, je devenais hystérique. C'était le moyen que j'avais trouvé pour qu'il me laisse tranquille. Et pour être sûr qu'il arrête, et aussi pour me faire plaisir, j'avais ajouté :

« Retourne chez toi, le sans-papiers, je ne suis pas là pour être ton faire-valoir, je ne suis pas là pour te fournir des papiers ! Va t'envoyer en l'air avec ta mocheté de Colombienne aux cheveux jaunes, elle a peut-être des papiers cachés dans son immense derrière ! »

C'était cru, méchant, excessif, presque raciste. Cependant, c'était mérité, ils m'avaient fait du mal, alors qu'ils en aient aussi.

Malo posait sans cesse des questions sur Enrique. Je prenais cela avec plaisir, ravie de parler de mon chéri avec quelqu'un, sans déceler un élément suspect. J'ignorais qu'elle le connaissait auparavant et que son obsession, c'était de mettre le grappin sur lui : séduction-bébé-mariage demeurait son objectif premier, qu'importe sa petite amie, leur histoire, leurs sentiments. Seule son égocentricité comptait.

Le plus navrant, c'était qu'elle était soutenue par des femmes de sa communauté dans ses péchés, car elles étaient animées d'un désir de nuire visant surtout les Suissesses, comme si elles les tenaient pour responsables de leur condition. Après tout, il fallait bien trouver un bouc émissaire et leur fierté envers leur pays était tellement grande qu'elle justifiait leurs actes.

Ce qui paraissait incompréhensible, c'était son acharnement envers moi, une simple fille paumée par la vie en pensant avoir trouvé son salut récemment, pour me retrouver ensuite dans la plus totale misère affective. Malo avait préféré l'intérêt, la méchanceté gratuite, la haine à l'ouverture vis-à-vis d'une amitié sincère qui l'intégrerait.

J'ignorais donc au début qu'elle tournait autour de lui comme une mouche autour d'un pot de confiture. Et quel pot de confiture c'était, mon Enrique ! J'étais bien placée pour le savoir, je couchais avec. J'imaginais toutes ces femmes qui assistaient à ses cours de salsa, à baver devant lui, devant sa classe et ses pectoraux…

Maloempanada incarnait la régression sociale. Aujourd'hui, les femmes étudient, travaillent, se débrouillent seules, et elle, elle refusait cela en important le machisme, l'idée hypocrite qu'une femme n'est rien sans un homme. Toute femme, même hétéro, ne pouvait croire à cela.

Il paraissait que Malo détenait une technique soi-disant imparable pour exciter les mâles. Elle se faisait inviter chez eux, puis dans le salon ou dans n'importe quelle pièce elle jouait à la prêtresse chamane sexy ratée : elle enlevait ses chaussettes, tout en rappelant oralement ses origines exotiques – l'Amérique du sud, son flot de spiritualité, la mer, la montagne, ses forêts bien vertes, sa faune extraordinaire – puis elle s'allongeait sur le sol et se contorsionnait, bougeait dans tous les sens, comme si elle effectuait différentes figures. Cela allait de l'araignée à l'escalope de veau prise de chaque côté dans la panure. Elle exécutait tout cela en croyant fermement qu'elle demeurait sexy et spirituelle. En réalité, elle reproduisait ce rite ridicule, car cela avait marché une fois, après avoir partagé trois litres de bières avec un partenaire. Ce soir-là, cet homme avait fondu devant tant d'effervescence – mais il était saoul lui aussi. Bien sûr, on pouvait affirmer qu'elle ressemblait à la faune latine, mieux que les animaux de la pampa, mais ce à quoi elle ressemblait s'apparentait plutôt à une sale bestiole tropicale, une mouche plus vicieuse que les mouches européennes. Déjà, une mouche en Europe émettait des sons horribles tels que le « bzz » qui martyrisaient nos oreilles. Si elles désiraient communiquer avec nous, c'était raté car personne ne parlait le langage mouche. On les frappe, on leur répète incessamment qu'elles devraient nous laisser tranquilles, elles reviennent toujours à la charge. Elles ne se gênent pas non plus pour nous piquer. La mouche sud-américaine, c'est cela, mais avec plus de piquant. Quand elle piquait,

cela provoquait beaucoup de maux et de problèmes.
Comme Malo.

J'appris que les regards méchants et les
remarques émanant de personnes inconnues, ou
ennemies dès le début, ne représentaient pas une
menace concrète à l'équilibre personnel. En revanche,
la trahison, l'hypocrisie de personnes proches
demeuraient les pires choses. Malo détenait toutes les
cartes pouvant m'assassiner.

Le double choc. Ainsi, on pouvait massacrer
quelqu'un. La déception amoureuse et amicale. Un
grand coup, mortel, suivi d'un autre, comme pour
vérifier que la victime avait bien rendu son dernier
souffle. Comment une amie pouvait-elle faire cela ??
Une amie souhaite le bien et ne fait pas le mal. Elle
devait me détester derrière les apparences. C'était
immonde. Pourquoi ne pas afficher le désamour
qu'elle éprouvait ? Pourquoi vouloir jouer à la bonne
copine ? Pourquoi cette mesquinerie, quels bénéfices
en tirait-elle ?

J'avais besoin de respirer, de m'éloigner, de me retrouver. Naturellement, j'avais coupé contact avec mes amies comme si je les avais sanctionnées de ne pas avoir participé à cette histoire ratée. Quant au travail, l'été était passé, j'avais omis de prendre des vacances. Alors j'en posai de manière plus radicale : je démissionnai. Je pris un vol bon marché pour Barcelone. En réalité, je ne souhaitais pas séjourner dans cette ville, trop agitée dans ces circonstances-là. Arrivée à l'aéroport, je m'enfournai dans un train à destination de Sitgès. C'était une cité balnéaire, mais en ce mois de septembre, la saison estivale semblait pratiquement terminée.

Tout s'enchaîna rapidement. J'avais pris soin de me renseigner et je marchai sans m'arrêter en direction de l'hôtel, face à la mer. Heureusement, ma chambre était prête. Toute petite, toute blanche, avec un bureau, une chaise, une armoire, un lit et une porte donnant sur une salle de bain. Mon premier réflexe fut de m'allonger sur le lit. Voilà pourquoi j'étais là, pourquoi j'avais fait autant de kilomètres, pour m'allonger sur ce lit et ne rien faire. Dehors, rien ne m'intéressait, tout se centrait sur moi, moi et moi. Cette petite pièce pourrait peut-être tout éponger en accueillant tout le poids que je portais : la star déchue, la femme divorcée… Même si le passé est le passé, on ne l'oublie pas et les malheurs actuels se cumulent avec lui, augmentant ainsi le poids de nos souffrances.

A la réception, j'avais annoncé que je resterais quelques semaines ici. Je ne faisais que cela, rester dans ce lit à regarder le plafond et les murs. Mine de

rien, le monde paraissait différent quand on le regardait la tête en arrière !
J'utilisais largement la salle de bain, je dormais, je méditais et quand la femme de chambre passait, je descendais à la cafétéria située à l'entrée. Lorsque je manquais de quelque chose, je sortais.

Cela semblait bizarre, mais beaucoup s'enfermaient dans des monastères, moi je m'enfermais dans un hôtel.

CHAPITRE 3

POST TENEBRAS LUX

« Notre plus grande gloire n'est point de tomber, mais de savoir nous relever chaque fois que nous tombons. »
       Confucius

A mon retour d'Espagne, je me réveillai et j'affrontai tous mes problèmes. Je n'avais pas chômé. Avec cette baisse de moral, j'éprouvais le besoin de renaître. Pour ressentir cela, je fis ce que toute femme faisait : j'étais allée chez le coiffeur afin de ressortir plus belle, en colorant mes cheveux d'une teinte châtain roux, très jolie et naturelle. La couleur de mes yeux ressortait plus qu'auparavant et ainsi, je ressemblais à quelqu'un d'autre. Sûrement pas à une victime. J'avais donc entamé les démarches pour divorcer. Il fallait passer par un avocat et j'avais préféré prendre une avocate, parce que je ne voulais pas avoir affaire à un homme qui me dirait que j'avais tort, etc…

L'avocate m'expliqua que lors de l'établissement du mariage, le régime de bien communautaire avait été instauré. Je me souvins vaguement de cette question évoquée à la mairie, mais j'estimais que tout ce qui m'appartenait lui appartenait d'office. Je l'aimais et je devais faire preuve d'altruisme car dans son pays on partageait plus qu'ici. Tout cela signifiait aussi que je pouvais lui réclamer plein de choses. Ma nature matérialiste m'aurait poussé à le faire, mais j'avais changé et surtout, je désirais passer à autre chose.

C'était difficile de renoncer à ce que l'on aimait le plus. J'avais dû me faire une raison et la prendre en pleine figure de manière brute. Abdiquer la relation qui semblait tout m'apporter. Je me demandais ce qui demeurait plus pénible que ce sacrifice-là.

Au début, malgré mes rancœurs, j'espérais, au fond de moi, que tout s'arrangerait. Mais non. Il tentait de me reconquérir et, quelque part, j'attendais cela avec plus de force et d'intensité. J'aurais voulu croire que ce n'était qu'un passage à vide, une crise, et oublier cette histoire d'infidélité, mais il ne montra pas qu'il éprouvait des sentiments envers moi, plus forts que tout, tellement son cinéma sonnait faux. Ce qui prouva toutes ces vérités qu'il tentait de déguiser : le faux amour et le vice qui se reproduira tôt ou tard.

Cela n'aurait pu être qu'un conflit de courte durée, forcément expliqué par le stress du mariage, l'angoisse du temps qui passait et qui changeait l'attrait du début. On aurait pu cacher ou ignorer cette histoire de papiers. En réalité, pour lui et ses proches, cela représentait une affaire concrète et obsédante. Je n'étais et ne resterais qu'un pion, pas un être aimé.

Enrique refusait de divorcer. Il tenait vraiment à ses papiers. D'ailleurs s'il les avait eus là, maintenant, je me serais fait le plaisir de les brûler. Je voulais en finir au plus vite, mais salaud jusqu'au bout, il me mettait des bâtons dans les roues. Selon l'avocate, je pouvais être sûre que le divorce serait prononcé… dans quatre ans ! Et parce qu'il y avait présomption ! Je me trouvais enfermée dans cette situation pour des années. C'était démoralisant.

Il avait fui lorsque je l'avais jeté, comme un animal agressé. Il osait revenir plus tard à la charge. Il fallait croire qu'il tenait vraiment à ses papiers, plus qu'à moi. Mais sa démarche renforça ma férocité. Il les voulait pour toujours ? Il ne les aurait jamais. Je n'avais pas vraiment besoin de cela. Le pire, c'était quand il semblait prêt à rendre les armes, lorsque s'échappait une phrase telle :
« J'ai beau t'aimer, tu n'es pas une fille pour moi. »
Ce genre de perle à baffer. Il n'avait qu'à pas me fréquenter, l'idiot.

La seule certitude, c'était ce divorce en cours. Il fallait que j'occupe mon esprit, cependant, comme j'avais laissé tomber mon emploi, je me retrouvais sans activité durant des journées entières. Malgré quelques réserves en banque, mon loyer et les frais liés au divorce menaçaient de me ruiner. Mon premier souci, c'était de déménager, trouver un appartement à un prix correct, pour fuir tous ces souvenirs imprimés sur chaque mur, dont l'aura se fixait dans la surface de chaque pièce.

Le problème fut que j'avais agi dans l'urgence et le premier logement que je trouvai à un prix abordable fut un studio niché au dernier étage d'un immeuble de style ancien, situé dans une rue perpendiculaire à la mythique rue des Bains.

Le bâtiment se terminait par des poutres donnant des allures de chalet suisse, mais c'était mon chalet urbain. Le logement était petit, l'intérieur ressemblait vraiment à un mouchoir de poche. Mais il paraissait plaisant et sympathique de l'extérieur car le quartier demeurait très chaleureux et surtout à proximité des lieux branchés. Malgré cet aspect, la vacuité des lieux devenait difficile ; je peinais à entasser toutes mes affaires dans le studio, si bien que j'avais confié des meubles et appareils à une amie. Pour moi, c'était temporaire. Une fois ma situation professionnelle stabilisée, je comptais emménager dans un appartement plus grand. J'étais habituée à plus d'espace quand je vivais avec mon ex, et passer à la taille réduite durant une période déprimante me déplaisait.

J'emménageais donc à Plainpalais. Oui, encore ce quartier. Je reprenais tout à zéro en plus de gommer ce mariage par un divorce. Je refusais de croiser la communauté sud-américaine des Eaux-Vives, qui se trouvait en masse là-bas. Plainpalais demeurait mon quartier de prédilection. J'étais née dans cette ville, j'avais vécu là, je m'étais faite naturalisée, toute mon existence se concentrait ici, alors je n'allais pas me faire débouter par des personnes qui avaient un chez-soi ailleurs. Il fallait recommencer, mais en mieux. Ne pas se faire arnaquer, ne pas tout donner, oublier la naïveté, avancer et s'améliorer.

Du fait de ma carence en diplômes et expérience professionnelle, je me trouvais dans une situation plus que conflictuelle. Plus rien ne fonctionnait et je me voyais mal me laisser aller. J'avais des adversaires capables de danser sur ma tombe si je mourais et je préférais les priver de cette jouissance. Pour une fois, malgré ma souffrance énorme, la volonté de survivre prenait le dessus. Cela ressemblait plus à un désir de revanche que de vengeance. Je ne devais pas m'arrêter mais continuer ardemment pour les écraser. Cela semblait la seule alternative possible. Une incroyable énergie m'habitait. Je vivais dans l'agitation permanente. Je me levais très tôt, je me préparais et je parcourais la ville.

C'était un jour comme celui-ci que je rencontrai Alexandra Carmey. Je la croisai en plein centre-ville. Je passais mille fois cette rue qui me paraissait alors familière et banale, et voilà qu'une rencontre soudaine vint troubler la banalité du quotidien. En la retrouvant, je fus choquée : je l'avais connue différente, elle avait vraiment changé. La vie prenait les êtres et opérait des changements sans demander notre avis. C'était elle et ce n'était pas elle. Tout m'avait surpris chez elle. C'était devenu une femme, celle qui courait dans tous les sens, livrant une bataille contre le temps, tentant d'en tirer le plus possible. Elle qui rigolait souvent affichait une mine sérieuse, réservant son humour pour de rares instants. Après un long bavardage au milieu des badauds, nous allâmes prendre un café.

Elle avait eu la bonne idée de créer HK, un magazine féminin suisse romand, un hebdomadaire qui se démarquait des autres. Douée pour les affaires, mais moins pour la création, elle avait confié le poste de rédactrice en chef à une certaine Nuria Montero. Créative, Nuria assura le succès de la revue au début, puis s'affaira trop autour de sa petite personne. Cela tourna au nombrilisme : pas un numéro ne parut sans comporter plusieurs photos d'elle en plus de la traditionnelle photo illustrant l'éditorial. Son ego enfla au point qu'elle désirait écraser les idées des autres. L'atmosphère était tendue. Lorsqu'elle partit en claquant la porte après avoir copieusement insulté ses détracteurs, en hurlant qu'on la réclamait à Paris, le journal se trouva dans une mauvaise situation. Sans repère, les ventes chutèrent. Le bilan s'avérait catastrophique.

Après son exposé de la situation, elle s'interrompit et lança :
« Tu te souviens, au lycée ? Tu étais douée en rédaction ! Tes devoirs comptaient parmi les meilleurs ! »

Sa réflexion fut inattendue et apparemment en décalage avec le sujet abordé. Si elle ne m'avait pas mentionné ce fait, je ne m'en serais jamais souvenue. Effectivement, la seule matière où j'excellais, c'était le français et plus précisément les rédactions et les dissertations parce que c'était la seule occasion où l'on nous demandait notre opinion.

L'école c'était cela : on s'asseyait et on devait écouter pendant des heures des professeurs paraphraser sur des sujets ou des personnes nulles, inutiles, voire ridicules, quand cela ne ressemblait pas à une extraction de leur ego. Pour cela je détestais l'école car, et par-dessus le marché, la société, les parents et tout le reste maintenaient mordicus que c'était bon pour notre avenir. Et bien entendu, on devait se taire : une seule idée ou réflexion originale valait le titre de marginale. Alors, je me lâchais vraiment dans les devoirs écrits, c'était plus malin que d'apprendre bêtement des leçons tournées à la sauce du professeur. Je possédais la qualité de n'être jamais à cours d'arguments. Mais quand on sortait de l'école et que l'on refusait d'entrer à l'université, ce genre de qualité, on négligeait, parce que le monde du travail et tout ce qui l'entourait contribuait à vous faire oublier cela et même, à vous rabaisser. Après tout, l'école, c'était du passé, alors il fallait ne plus y penser.

« J'avais omis cela."
Après avoir fait mine de réfléchir elle annonça :
« Nicki, j'ai beaucoup de problèmes avec le journal, donc je manque de temps. Nous sommes en sous-effectif, et si cela continue… »
Elle s'arrêta. Elle semblait hésiter, mais reprit :
« Là, je te vois et comme je te l'ai dit, cela m'avait frappé : à l'époque, tu comptais parmi les meilleures pour les devoirs écrits, alors je me dis,

même si tu n'as pas d'expérience, pourrais-tu travailler pour moi ? »

Je restais muette tellement je n'y croyais pas.

« C'est la catastrophe. Si tu pouvais commencer par remplacer Maria de la rubrique beauté. C'est tout bête, tu dois juste écrire sur les nouveaux produits de beauté. Elle est partie comme plusieurs personnes et, si cela continue, il n'y aura plus de collaborateurs pour écrire… »

Je me demandais où elle avait eu cette idée. Moi, travailler pour un journal de mode ? Dans un sens, l'idée me plaisait. Je demeurais liée à ce domaine mais d'un autre côté, je n'avais pas exercé cette activité auparavant.

« Je n'ai jamais fait cela.

— On te montrera, s'il le faut. Et puis, tu cherches du travail ? »

Son portable sonna. Apparemment, c'était important. Elle débita à toute vitesse :

« Je dois aller à Milan ce week-end avec une amie pour le boulot et l'agréable. Malheureusement, elle s'est désistée. J'ai un ami là-bas qui nous héberge. Alors, rendez-vous demain matin, dix heures précises à l'aéroport de Cointrin. »

C'était typiquement elle ; la précipitation, l'improvisation… Derrière cela, un stratagème pour me convaincre.

« Mais je ne sais pas si je peux… »

Elle me coupa :

« Je te donnerai son billet d'avion, elle est plus surbookée que moi, elle ne s'en rendra pas compte. Je m'occupe tu changement de nom.

— Ok, à demain. »

Comme tout se déroula dans un laps de temps court, je l'avais à peine informée de mon devenir, seulement de mon passage dans le mannequinat, de la star déchue et de la fin de mon emploi chez les Cash. Tout juste si l'information avait été enregistrée. J'avais l'impression que ma petite vie représentait un point minuscule qui ne méritait aucune attention de sa part, tellement la sienne paraissait trépidante.

Le lendemain, nous nous envolâmes pour Milan. En Business class bien entendu. Elle parla avec moi durant une demi-heure puis s'occupa de son ordinateur portable. L'aéroport Malpensa regorgeait de beaux garçons. Déjà dans l'avion, le stewart italien était sublime. Le taxi nous emmena de l'aéroport à un quartier de Milan, d'apparence industrielle, qui se nommait « Porta Garibaldi ». De jour, la rue principale paraissait calme. Nous fûmes accueillies par Francesco (se prononçait Fran-ches-co), un de ses amis, qui vivait à proximité du Corso Como café. Plus précisément, le balcon de son appartement donnait sur la terrasse de ce café, située dans une cour, fort charmante avec ses petites tables, ses chaises et ses plantes vertes. Physiquement, Francesco ne ressemblait pas à un italien typique façon Berlusconi. Il devait mesurer un mètre quatre-vingt, son teint paraissait légèrement bronzé, et ses cheveux blonds étaient ébouriffés un peu comme un hérisson exotique. Malgré son visage juvénile et ses yeux bleus, sa culture apparaissait plus dans sa manière d'être.

Son appartement était immense. Inutile de préciser qu'il contenait plusieurs chambres. Francesco avait organisé une grande fête pour ce soir. Alexandra m'emmena passer l'après-midi dans les boutiques milanaises. Le côté branché de la ville m'impressionna, alors que j'avais déjà dû mettre les pieds ici du temps de ma splendeur, mais je ne m'en souvenais pas. La ville de Milan demeurait incontestablement la capitale de la mode, puisque l'avant-garde des vêtements de saison s'affichait dans les boutiques. Là-bas, j'achetai des escarpins de vamps avec des vêtements assortis. Financièrement, je m'étais lâchée, et comme la plupart des femmes, le shopping constituait un excellent moyen d'oublier – un moment – ses soucis. Ce petit voyage improvisé dans cet univers glamour pas trop malsain ni artificiel m'enchanta.

Sitôt rentrées, Francesco nous accueillit dans un décor de festivité. Son ami DJ s'affaira autour d'une table de mixage qu'il avait installée dans le salon. Je pris une douche dans sa salle de bain de taille moyenne. C'était troublant de se retrouver dans la salle de bain de Francesco, de découvrir ses produits cosmétiques : son dentifrice, sa mousse de rasage, son tube de gel capillaire, son parfum. Il y avait même une crème hydratante pour homme ! J'avais l'impression d'entrer dans son intimité.

Plus tard, beaucoup de personnes arrivaient. Quelques Japonais, quelques Américains, mais surtout beaucoup d'Italiens et d'Italiennes, de Milan ou de Rome, malgré les rivalités entre Romains et Milanais. Francesco connaissait beaucoup de gens de divers pays et, bien qu'il fût sollicité, il se préoccupait de mon bien-être. Ce soir-là, c'était le jeu du chat et de la souris, ponctué par des signes d'attirance réciproque que nous manifestions à distance : je me lâchais à grand renfort de cocktails et de coupes de champagne, les regards que je lui lançais, des gestes incontrôlés qui émanaient de moi.

Milan regorgeait de belles filles, très apprêtées, très fashion. Ce genre de filles apparut à la soirée de Francesco qui les regardait à peine, comme blasé par leur présence, comme si je possédais quelque chose de spécial, de différent. Et tout cela se mélangeait : l'atmosphère de cet appartement situé dans un lieu branché et glamour, la musique excellente, les beaux garçons, Francesco…

Tout se répétait dans la vie. La nuit, cette manière d'évoluer semblait comparable, mais ici, dans un cadre fermé, pas glauque mais légèrement artificiel, cela devenait différent. Je dansai peu ce soir-là, je bavardai surtout et je pratiquai ce jeu de séduction à distance si intense, dont je pressentais un éclatement à la fin de la soirée.

Alors que minuit était passé depuis bien longtemps, Francesco s'approcha de plus en plus. J'étais assise sur le canapé, il me déshabillait du regard. Cela dura longtemps, très longtemps, cela semblait incroyable, ce jeu silencieux, alors qu'autour de nous s'agitaient plusieurs personnes qui ne percevaient pas cette électricité qui circulait. Cependant, il fallait que cela se concrétise. Je partis du salon en direction de la salle de bain. Dans le couloir, il me suivit. Lorsque je m'en aperçus, je me retournai.

« Tout va bien ? » me demanda-t-il avec une expression totalement différente, limite innocente, ne laissant pas présager la suite. J'acquiesçai et il s'approcha. Il m'embrassa et cela dura infiniment. Il me caressa le cou. Je me dérobai soudainement afin de le défier. J'allai danser au milieu des gens, il me rejoignit. Le DJ changea de musique et mit un slow. Francesco s'approcha et m'invita à danser. Après le morceau, nous partîmes naturellement ensemble en direction de sa chambre.

La passion prit le dessus sur tout le reste. La porte fermée à clé, nous oubliions les autres. Cela dura éternellement. Francesco était un bon amant, infatigable, préoccupé par mes désirs. Que demander de plus ?

Lorsque nous fûmes tous les deux épuisés, seuls restaient quelques invités en train de dormir. Le salon ressemblait à un champ de bataille avec ces personnes endormies n'importe où. J'errais entre le sommeil et l'excitation de l'acte terminé, toujours présente, résultant de l'ouragan provoqué dans mon corps après une longue période d'abstinence et de déplaisirs. La surprise de la supériorité de cet homme au lit face à tous mes anciens amants justifiait mon état. Francesco dormait car les hommes dormaient beaucoup lorsqu'ils prenaient la peine de se dépenser physiquement dans l'alcôve.

Je connus la liberté. Celle qu'on ne pouvait pas me prendre. Avant, j'étais enfermée. Enfermée dans une relation où je me sentais dépendante d'une personne. A présent, je volais là où je désirais aller. Je goûtais pleinement à cette liberté. Liberté d'avoir tort sans que quiconque ne vienne me le reprocher. Liberté d'aller où et quand je voulais. Liberté de ne pas éprouver de sentiment. Liberté de ne pas me poser de questions. Liberté de vivre le moment présent, sans songer aux conséquences et sans en provoquer. Je ne vivais pas avec quelqu'un qui m'imposait tout, je disposais de tout. Mes décisions prenaient le dessus et je désirais voir ma vie perdurer ainsi, malgré les contraintes qui me tombaient dessus.

Je m'emparai d'une bouteille de rhum et m'empressai de la vider avec divers jus. Après avoir ingurgité tout cela, je sortis. Le soleil se levait sur le Corso Garibaldi qui apparaissait dans le même état que le salon de Francesco après la fête, mais incroyablement silencieux. Et je marchai, et je marchai. Finalement, la fatigue me gagna. Je m'arrêtai, je m'adossai contre un mur, le soleil brillait puissamment sur moi comme s'il me plaquait contre celui-ci.

Finalement, je regagnai l'appartement, et je m'écroulai sur le lit. Bizarrement mes mains ne cessèrent de remuer, à la recherche de quelque chose. Sans que je m'en rende compte, le sommeil me gagna, et ce n'est qu'en m'éveillant en fin d'après-midi que je réalisai dans quel état préliminaire j'étais avant d'entrer dans la demi-mort.

Après une bonne toilette et m'être apprêtée, Francesco m'accueillit dans le salon, miraculeusement nickel comme si rien ne s'était passé.

Apparemment, son réveil remontait à plusieurs heures, il semblait assez actif. Pas étonnant pour un homme qui l'était énormément au lit. En tout cas avec lui, pas une once de baratin, ce qui paraissait étonnant pour un Italien dont les compatriotes affichaient la réputation de beaux parleurs. Francesco me proposa un cocktail, je refusai. J'avais assez ingurgité d'alcool la veille, ce qui m'avait quelque peu infesté le foie. Etonnamment, je devins sage et raisonnable. Peut-être parce qu'il y avait un autre moyen d'être grisée ?

Francesco avait préparé lui-même un repas rien que pour nous deux. Alexandra était rentrée précipitamment à Genève pour affaires d'argent.

C'était tout à fait elle, je n'avais pas eu le temps de lui dire au revoir.

Nous discutâmes pendant des heures, la nuit tomba vite, c'était comme si je n'avais jamais vécu cette journée. Et tout naturellement, c'était dans son lit que la soirée se termina. Les délices de la première nuit se répétèrent, sans plus, ce qui ne fut pas plus mal. Néanmoins, je retins de cette soirée l'attention et l'application de Francesco. Le lendemain, je partis tôt sans prévenir, d'une certaine manière triomphante, parce qu'au moins c'était la femme qui laissait l'homme seul dans le lit après la nuit, mais surtout parce qu'il fallait que je prenne l'avion du retour. Et puis, je détestais les « au revoir ». Ce que j'appris par la suite, c'était que mon départ ne l'avait pas laissé indifférent, lui si bien entouré, si bien fourni en matière de jolies filles. Et voilà, je brisais un cœur, je jouais encore à la vilaine, mais franchement, je me voyais mal me caser avec lui. Pour quoi faire ? Rester à la maison pour confectionner des pâtes ? Pour qu'il comprenne par la suite que je ne savais rien faire de ma vie ?

De toute manière, cela ne représentait qu'une aventure qui m'avait boostée. Toute femme devait vivre cela au moins une fois dans sa vie. Je m'étais sentie libre et désirée sans contrainte. Cela avait permis de soigner mon ego malmené par mon ex et de prendre conscience que celui-ci était vraiment une catastrophe au lit. Avant, j'étais trop amoureuse et trop gentille pour l'admettre alors que la sexualité faisait partie intégrante de tout être humain et que celui-ci m'avait empêché de m'épanouir à ce niveau-là. Evidemment il fallait prendre le moment et le vivre sans se culpabiliser. L'ombre machiste planait toujours sur la vie de chaque femme. Combien de fois les hommes avaient-ils accusé une femme d'être une « salope » parce qu'elle voulait s'épanouir au lieu de subir ? Alors que certains d'entre eux atteignaient un niveau de perversité élevé : irresponsabilité, mensonges, crimes sexuels envers des femmes et des hommes. Oser qualifier une femme de la sorte, c'était comme accuser un homme innocent d'avoir commis un crime sexuel. De toute manière, les plus machistes demeuraient les moins qualifiés pour la chose et sachant cela, ils préféraient critiquer et insulter au lieu d'essayer de s'améliorer.

Cette petite aventure me plongea dans une réflexion sur les hommes. Je resterais marquée par cette histoire avec Enrique, comme une plaie ouverte parsemée de sang séché.

Je compris qu'avant cette victoire,
j'entretenais une mauvaise image de moi-même.
Inconsciemment, je me dévalorisais au point de
sacraliser tout homme capable de m'apprécier plus
précisément un homme comme Enrique. Aucun autre
ne pouvait m'aimer alors c'était pour cette raison que
je m'accrochais à lui au point de me soumettre. J'étais
instable parce que cela n'allait pas. Je restai seule
après la catastrophe pour éviter son renouvellement.
Pour rencontrer la bonne personne, il fallait être
indépendante et stable.

Je m'embuais dans un mélange de critiques
haineuses d'Enrique, de nostalgie des bons moments,
tout en essayant de passer à autre chose. Cela
semblait désespéré, peut-être ? L'incompréhension
me prenait et demeurait, rien ne paraissait clair.
Pourtant, il fallait que j'enlève tous ces souvenirs de
ma tête, sous peine de rester vieille et seule à ruminer
tout cela pendant que lui devait jouer au chaud lapin
malheureux. Très drôle d'ailleurs, ce contraste bien
masculin : bouh, je suis malheureux, personne ne
m'aime mais cela ne m'empêche pas de dégainer mon
joujou et de passer à l'acte. Mais non, voyons, il
fallait arrêter les clichés de l'homme qui ne pensait
qu'avec son entrejambe, idée vraiment étroite. Tout
de même, certains hommes avaient réussi à construire
des raisonnements avec leur tête ; les philosophes, les
intellectuels comme Einstein…

N'empêche, pour me recaser, cela paraissait mal parti. Je me retrouvais dans un état tout autre, à me demander si je pouvais faire confiance à quelqu'un. D'ailleurs, la question ne se posait presque pas, vu que d'autres préoccupations envahissaient mon esprit.

En chaque homme se cachait un Enrique potentiel. Un menteur, un vilain-pas beau à l'intérieur. Je menaçais donc de sortir les armes si un énergumène s'approchait et tentait de m'arnaquer. Sans vouloir généraliser, certains défauts d'Enrique se retrouvaient chez les hommes. Cette théorie résultait de discussions avec les copines. On comparait, et avec chacune de nos expériences, on tombait d'accord sur certains faits. Combien de fois avions-nous eu affaire à des hommes coupables de bêtises qu'ils ne réparaient pas et, pire encore, fuyaient tout en s'énervant. Une véritable attitude de soldat prêt à faire la guéguerre. D'abord, c'étaient eux qui déclaraient et provoquaient la guerre et osaient faire croire au monde entier que c'étaient les féministes qui la cherchaient. On pouvait critiquer leur avis, elles n'avaient jamais tué personne, tandis que les machistes, les véritables anti-pacifistes, n'hésitaient pas à tuer. Combien de femmes étaient retrouvées mortes après leurs coups ? Dans les journaux, ce genre de nouvelles macabres revenait souvent. Cependant, il ne fallait pas non plus penser qu'ils étaient tous des monstres.

Je me retrouvais donc à nouveau projetée sur le marché des célibataires. Le vide sentimental pouvait devenir commercial avec tous ces machins de rencontres. Il n'y en avait toujours que pour les couples, à croire que le pur célibat paraissait anormal, une erreur, comme une sorte d'anémie de contact déjà pesante et incomprise.

La proposition d'Alexandra me paraissait invraisemblable mais fiable. Ce n'était pas un sale type, elle. Qu'est-ce que je risquais ? Pourtant, je n'y croyais pas vraiment. Journaliste de mode, cela était trop élevé pour moi, mais rien ne m'empêchait de tenter le coup. Je ne me définissais pas comme intelligente, j'avais des notions sur le monde de la mode, mais de là à écrire sur le sujet, je m'en voyais incapable.

Je conservais une vision sévère et négative de l'écriture et je ne me considérais pas comme assez intelligente pour produire des phrases sensées et bien formulées. Je devais me jeter à l'eau, quitte à ramasser une claque.

Je tentai cette expérience, sans illusion, avec une petite dose d'appréhension qui se dissipa rapidement grâce au blindage que je m'étais imposée.

Le magazine HK se distinguait des autres du fait qu'il était de nationalité suisse et non pas français. Ainsi, des articles sur les montres ou les chocolateries figuraient en plus des sujets classiques du genre. Cela faisait cliché mais c'était vrai. Toutefois, il ne fallait pas se leurrer : tout le monde ne travaillait pas dans la banque ou l'horlogerie dans ce pays et tout le monde ne comptait pas parmi l'élite fortunée. C'étaient des fantasmes d'étrangers qui avaient bêtement oublié toute notion de proportionnalité dans l'économie d'un pays. On citait HK comme une valeur montante : beaucoup de personnalités fréquentaient la ville de Genève, notamment pour placer leur argent dans les banques, pour sa tranquillité et pour son aspect « métropole chic ». De riches locaux comme Mlle Cash, il y en avait, ainsi que des étrangers fortunés, possédant une résidence secondaire ici, qui demeuraient susceptibles de lire la presse suisse, pour varier et pour repérer ce qui restait tendance. Les horlogers et bijoutiers voulaient tous mettre leurs pages publicitaires dans ce journal. L'industrie de la beauté et de la mode ne devait pas négliger la place, si petite qu'elle paraissait, de ce magazine.

En Suisse romande, HK jouissait d'un monopole. Il n'y avait aucun intérêt à renoncer à cette situation.

La Suisse comportait différentes langues et HK paraissait uniquement en langue française, donc réservé à une partie de la population. On pouvait donc projeter de sortir une édition allemande pour les Suisses-allemands et italienne pour le Tessin, ce qui toucherait également les pays voisins pour des raisons linguistiques. Seulement, cela pourrait se concrétiser seulement si le succès s'établissait dans la durée.

Pour le moment, il fallait redresser la barre. Je m'y attelai énormément. Je me concentrais là-dessus tout le temps. J'espérais trouver de bonnes idées et les appliquer. De rien, je suis arrivée à imposer deux articles sur les cosmétiques.

Alexandra m'avait demandé de feuilleter les anciens numéros d'HK pour mieux m'imprégner de l'esprit du journal. En le faisant, je me rendis compte que Nuria triait les gens qu'elle incluait dans les articles. Elle privilégiait la présence dans le journal de personnalités que je qualifierais de « gnangnantes ». L'idéal, selon moi, c'était d'évoquer des personnes sympathiques, méritant un intérêt sans provoquer des râlements. Parce que la lectrice, même si elle appréciait certaines de ces personnes sélectionnées par Nuria, devait sûrement en avoir ras-le-bol des autres. Il fallait montrer un changement

Je me lançai dans une entreprise peut-être désespérée, peut-être irréalisable, mais quelque part justifiée. D'abord, ma vie sentimentale ressemblait à un naufrage, alors autant tout faire plonger. Et puis, ce magazine féminin devait exister davantage. Pourquoi d'autres personnes n'y avaient-elles pas pensé ? L'idée avait pris forme, il fallait qu'elle perdure.

Cela fut laborieux au début. Pour la première fois de ma vie, je travaillais avec ardeur et motivation, rien à voir avec les pénibles journées que j'endurais dans le passé.

Ecrire sur les cosmétiques ne semblait pas compliqué. J'avais reçu plein de produits. Alexandra m'avait donné la liste de ceux dont je devais parler ainsi que les dossiers de presse. Je n'avais plus qu'à rédiger en mélangeant les informations données et mes impressions. Je réalisai cela en deux jours car la motivation m'empêcha de manger et me priva de toute notion du temps. Je pouvais faire mieux et même quelque chose de plus intéressant. En feuilletant le dernier numéro, je constatai qu'ils donnaient des adresses de magasins et même de pâtisseries mais pas de bars ni de discothèques. Or cela pouvait intéresser les lectrices de connaître les derniers endroits branchés pour sortir. Je décidai de me jeter à l'eau et de pondre un article. On verrait ce que cela donnerait.

Pour réaliser cet article sur les sorties, j'avais appelé toutes mes amies. Je leur avais demandé des adresses et leur avis. Je m'étais rendue dans les lieux mentionnés afin de me faire ma propre impression et de capter l'ambiance qui s'en dégageait. J'essayais de développer mes sens vis-à-vis de l'extérieur. Au lieu de me centrer sur mes problèmes, je tentais de ressentir tout ce qui s'affranchissait autour de moi. Les expériences malheureuses passées commencèrent à apparaître comme des vaccins contre les maladies de la vie. J'avais décidé qu'on ne pouvait plus m'arnaquer. Je réalisais que le malheur et le désespoir que j'avais vécus, d'autres le vivaient pour d'autres raisons et dans d'autres circonstances. Oser mettre des mots sur papier, le plus correctement possible, cela semblait simple, mais cela s'avérait parfois compliqué. Heureusement que je possédais un dictionnaire datant de l'école pour m'aider à formuler correctement des phrases. Au moment où je réalisais cet article, de nouveaux lieux avaient ouvert. C'était l'occasion d'en informer les lectrices de ce journal.

Le jour où je présentai mes premiers articles, l'atmosphère était plombée. La réunion commença dans le calme, comme si nous assistions à un enterrement, ce qui ne s'avérait pas totalement factice du fait de la situation du journal. La rédactrice en chef et Alexandra commencèrent à parler. Tout le monde semblait paniquer. J'écoutai presque distraitement les propos des autres tout en essayant de me concentrer sur ce que j'allais dire. Quand vint mon tour, j'eus droit à tous les regards. Forcément une mademoiselle-tout-le-monde qui allait publier un article, cela relevait de l'absurde. On m'attendait au tournant comme si tous allaient assister à une grosse chute dans les escaliers. Je commençai à parler des articles sur les cosmétiques et apparemment, cela suffisait à la rédactrice en chef. Elle les avait lus au préalable, et avait corrigé une ou deux lignes. Devant eux, elle ne manifesta point de satisfaction du fait des circonstances mais montra qu'elle les acceptait. Ce qui signifiait donc que, même en n'étant pas journaliste, mon travail paraissait acceptable et allait être publié. Aussitôt, leur attention se relâcha et chacun jeta un regard à gauche, à droite, ou sur ses papiers, lorsque je débitai :

« Il y a autre chose »

Tous continuaient à m'ignorer. Je me lançai :

« Voilà, j'ai eu une idée. J'ai pensé qu'on pourrait parler des nouveaux lieux où sortir à Genève, cela permettrait d'attirer l'attention sur nous et d'innover. Ce serait aussi intéressant pour les lectrices françaises. »

Une sorte d'inconscience me prenait. Je travaillais dans un environnement trouble, où les tensions s'accumulaient, où tout le monde pensait que tout s'arrêterait. Et moi, je rêvais de réussir et que tout changerait. J'aurais peut-être dû éviter cet environnement chaotique car déjà, je me trouvais bien enfoncée avec tous ces problèmes, cela en rajoutait. Je devais être folle au point d'être animée par cette idée que l'inconcevable risquait se produire, que j'avais abouti à un divorce et perdu ma meilleure amie. La mort pouvait arriver et on n'avait pas la capacité l'anticiper, il fallait oser, et profiter des derniers jours qui restaient à vivre.

Je tendis un exemplaire à la rédactrice en chef et un à Alexandra. Là, j'eus à nouveau droit à des regards, plus insistants cette fois. Stupeur dans l'assistance. Et les réactions fusèrent :

« Non mais ça va pas ? Y'a qu'à la nommer rédactrice en chef tant qu'on y est ! s'exclama Laetitia, la meilleure amie de Nuria.
— Son idée est pas mal…
— On se renouvelle assez à travers nos rubriques à la pointe de la tendance.
— Ce n'est pas assez vu les résultats des ventes.
— Non mais, elle se prend pour qui, celle-là ?
— On avait pourtant décidé d'être dans la ligne d'un magazine de mode branché, on ne parle que des fringues branchées, qu'est-ce qu'elle a à en rajouter ? Elle ne peut pas s'en tenir qu'aux

cosmétiques ? Si elle veut du travail en plus, elle n'a qu'à nous amener le café ! »

Cela démarra avec ces propos pour se transformer en un gros capharnaüm qu'Alexandra calma :
« Stop ! C'est moi qui prends les décisions. Tout ce que j'ai à dire pour le moment, c'est que j'ai besoin d'un délai de réflexion. »

Le sujet était clos et la réunion reprit. Chacune de mes collègues annonça l'état de son travail dans l'élaboration du prochain numéro.
J'avais eu l'audace de proposer quelque chose d'autre que ce qu'on m'avait confié. C'était risqué, mais le jeu en valait la chandelle.

Elles acceptèrent.

Elles décidèrent qu'à l'avenir la présence de mes écrits sur des sujets s'éloignant de ce qui m'était attribué s'avérerait optionnelle, mais possible s'ils obtenaient l'approbation d'Alexandra. Toutefois, mes articles seraient dans les numéros à venir.

Je me lançai avec plein d'idées en espérant que tout finirait par aboutir et que tout s'arrangerait.

Alexandra ressemblait à une abeille qui virevoltait dans tous les sens. Rencontrer des gens, les solliciter, les mobiliser, demeurait sa spécialité ; elle excellait en matière de relations publiques. C'était grâce à cela qu'elle avait réussi à créer HK. Et elle tenait à mener la barque et à rester maître à bord. Ce qui n'était guère au goût de Laetitia. Une querelle avait éclaté entre elle et Alexandra. Laetitia décida de partir rejoindre sa meilleure amie, la fameuse Nuria Monteiro et une autre personne dont j'oubliai le nom la suivit.

Alexandra se trouvait dans une sale situation. Néanmoins, je pensais sincèrement qu'il valait mieux ne pas se décourager et retrousser ses manches. Je voyais vraiment en ce magazine un fort potentiel, et cette situation apparaissait comme l'occasion de changer ce qu'il fallait et d'oser. C'était l'occasion pour moi de m'impliquer. La difficulté, c'était de tenter tout cela dans une atmosphère lourde. J'essayais d'apporter un peu de légèreté en étant dynamique, fraîche et souriante. Je tentais de me lier avec tout le monde et d'être appréciée. Cependant, je n'arrivais jamais à mettre un nom sur les visages de tous mes collègues.

Les tensions demeuraient palpables ; mais entre tenter de travailler dans cette atmosphère ou de ne rien faire d'autre que de se morfondre, le choix était vite fait et je pensai que Sarah-Lena, si combative, aurait approuvé mon choix.

Pendant des semaines, je me concentrai sans relâche sur mon nouvel emploi et je tâchai d'apprendre sans cesse. Je dépassai mes propres limites en espérant que le résultat serait à la hauteur de mes espérances.

Je n'avais jamais autant réfléchi de ma vie. Quand je soumettais une bonne idée, même si elle paraissait pertinente, il fallait toujours passer par des discussions pour arriver à la réaliser. Alexandra désirait que chaque action soit mesurée. Elle préférait éviter de prendre de gros risques et de décevoir les lectrices, car nous devions les satisfaire et nous démarquer de certains journaux, qui parlaient uniquement d'objets à acquérir. Alors que nous, nous pouvions aussi aborder des sujets susceptibles de les intéresser.

Ce que craignait Alexandra, c'était de réaliser un magazine trop terre-à-terre : il fallait toujours apporter du rêve et servir la réalité en petite quantité. Aborder des sujets accessibles à toutes les lectrices, telles les relations hommes-femmes avec l'éclairage d'un psy, se présentait comme une idée intéressante, d'autant plus que peu de femmes oseraient consulter un psy. Moi la première. Parce que j'étais tentée de le faire mais ma fierté m'en avait empêché. J'en avais besoin après ce que j'avais vécu avec mon ex-mari. D'ailleurs je me doutais que si je rencontrais quelqu'un, je ne pourrais pas m'empêcher de croire que la même mésaventure m'arriverait car certains cauchemars pouvaient se reproduire.

Le temps passa. Du temps consacré au travail, à l'élaboration du numéro suivant. Nouveau défi. Les semaines s'écoulèrent. Puis, les résultats arrivèrent, ceux du premier numéro auquel j'avais contribué. La nouvelle, extraordinaire, tomba : les ventes avaient redécollé. Je ne pouvais croire que cela arrive au moment où moi, la petite Nicki, j'amenais des idées au magazine !

Le résultat avait soufflé tout le monde. Personne n'aurait osé imaginer cela. Le silence s'installa à chacun de mes passages, témoignant d'un événement. Tout cela prit forme lors de la grande réunion hebdomadaire. Alexandra nous annonça pour commencer que Laetitia avait bel et bien rejoint l'équipe du journal qui employait Nuria Monteiro. Je pensais que c'était de ma faute. Mais d'un autre côté, elle voulait prendre la place qu'occupait ici Nuria et tout contrôler – à défaut de travailler avec sa grande copine. Le départ de Laetitia s'était fait dans les cris. Elle n'avait pas accepté que j'aie pu imposer une de mes idées alors que pour elle j'étais censée n'être rien du tout. La situation paraissait confuse pour Alexandra : d'un côté, le départ catastrophique d'un élément important mais problématique, de l'autre, une paria qui réussissait, sur laquelle elle avait misé. Ces aléas modifièrent le point de vue de mes collègues à mon égard. Si un tel retournement de situation était possible, pourquoi ne pas croire à nouveau en la réussite perpétuelle de notre journal ?

Je constatai que ma situation s'avérait complexe : pas diplômée, pas expérimentée mais capable de donner des résultats. Ma motivation vivace demeurait, mais cela ne pouvait être facilement perçu et reconnu. Car tout devait être très noir ou très blanc : personne n'acceptait que dans cette vie, il y avait aussi le gris.

Je m'étais toujours questionnée sur ma présence dans les locaux de Mlle Cash en tant qu'employée. Je savais que cela se justifiait par la nécessité de payer mon loyer, mais en considérant ce passage de ma vie d'un point de vue philosophique, je me demandais ce que cela était censé m'apporter. La réponse qui s'imprima dans mon esprit fut que j'avais besoin d'avoir affaire à quelqu'un comme Mlle Cash, une lectrice potentielle de notre magazine. En comprenant son profil, je pouvais deviner ce qu'elle attendait d'un journal et j'avais ainsi acquis un point de vue intéressant et adéquat.

Je comprenais l'importance des pages mode, pour qu'une personne comme elle soit en mesure connaître les nouveautés en matière d'habillement, d'accessoires et de cosmétiques. La publicité figurant dans le journal était liée à ce genre de besoin. Elle devait pouvoir trouver la dernière campagne publicitaire pour la nouvelle montre Patek mais aussi les derniers bijoux sortis des plus grands joailliers genevois afin qu'elle ait l'opportunité de réclamer à son petit ami ce genre de cadeaux. Il ne fallait pas oublier que c'était une reine qui vivait avec l'obligation de constamment briller dans la haute société. Toutefois, notre journal s'adressait aussi à des lectrices moins fortunées afin de toucher toutes les catégories. Nous mélangions les genres et nous présentions aussi des produits accessibles.

Je me retrouvai à jouer un rôle plus important à cause des miracles que j'avais provoqués, comme si j'incarnais une faiseuse de miracles. J'étais descendue plus bas que terre après l'accumulation de problèmes dans mon existence et soudain, je remontais par la grâce d'une lumière divine qui me transportait. Cette image-là illustrait au mieux la situation que je vivais à ce moment-là. On me confia donc plus de papiers à rédiger et je comptai officiellement parmi la rédaction du journal. J'avais enfin un vrai travail, prenant mais à la hauteur de mon ambition de briller.

Cet emploi paraissait anodin et pourtant, cela réclamait beaucoup de réflexion de ma part, comme si mon cerveau chauffait. Je me documentais, je lisais énormément, pas seulement pour obtenir des sujets d'articles, mais aussi pour acquérir du vocabulaire. Cela ressemblait un peu aux activités du lycée ; lire, rédiger et être jugée sur le travail produit.

Comme j'avais été auparavant une reine de la nuit, on m'avait chargée de rédiger les articles sur les sorties en Suisse. Cela joignait l'utile à l'agréable. Je fréquentais des boites et des bars, tous frais payés, et je contais mes impressions. Même si cela ne demeurait pas toujours évident de retranscrire sur papier l'atmosphère et les impressions vécues, même s'il fallait reformuler mes phrases et corriger mon orthographe, j'appréciais ce que je faisais. Parfois, je débordais d'idées, d'autres fois, rien.

Je suggérais également à Alexandra d'élargir le champ géographique et d'évoquer, par exemple, la ville de Milan. Je refusais toutefois d'y retourner de peur de croiser Francesco, que j'avais lâchement quitté.

J'avais soif de créer et d'avancer. Je commençais de plus en plus à m'épanouir. Je savais à présent ce que signifiait ce verbe, car même si tout s'arrêtait, j'avais au moins testé mes propres limites.

L'autre idée qui avait germé, c'était de présenter des articles sur les relations entre les femmes et les hommes. Il y avait beaucoup à dire et comme nous devions faire du chiffre pour exister, je pensais qu'il fallait pour cela donner envie à nos lectrices de nous lire et pourquoi pas à certains hommes. Aborder ces thèmes pouvait apporter à la lectrice certaines clarifications et surtout la sensation d'être comprise. Je connaissais Alexandra : cela ne servait à rien de venir lui soumettre l'idée, je risquais plus d'essuyer un refus. Je devais venir avec l'article prêt, et là, devant le fait accompli, elle pourrait difficilement se défiler. Toutes les filles de la rédaction ainsi que mes amies gardaient derrière elles un vécu, qui méritait d'être partagé.

Je donnai le coup d'envoi avec le sujet :
« Pourquoi les relations entre les hommes et les
femmes sont problématiques ? »
J'entrepris de lire des livres de psychologie et d'en
discuter avec mes amies. Il en ressortait beaucoup
d'éléments. En rédigeant cet article, je pensais
qu'Enrique aurait pu rester des années avec moi et
Maloempanada. Il aurait instauré une situation où
j'incarnais la maman ou sorte de femme protectrice –
grâce aux papiers qu'ils auraient pu obtenir – et elle,
la prostituée. Comme les hommes de la vieille
génération désiraient les deux, cela expliquait son
attitude et pourquoi il la défendait. Je croyais à cette
théorie-là.

Le résultat de tous ces changements dépassa
les espérances : les ventes augmentèrent
considérablement. Effet de curiosité, commenta
Alexandra, décidément plus douée pour le marketing
et les chiffres que pour l'artistique. HK semblait
sauvé.

La plupart de mes soirées étaient consacrées à des recherches pour le travail. Petit à petit, je commençais à sortir avec mes collègues. Un soir, il arriva ce que je craignais : nous nous trouvions dans un bar qui organisait une soirée et Enrique était là. Lui, le cauchemar qui n'en finissait plus. Bien sûr, il était accompagné. Alors que je passais la plupart de mes soirées à travailler, lui les passait tranquillement avec d'autres femmes. Evidemment dans cette histoire j'incarnais toujours le rôle de la méchante. Je me tuais presque à la tâche, oubliant ma vie sentimentale gâchée par l'horreur d'un divorce et lui jouissait dans tous les sens du terme, tout en incarnant le rôle de la victime. Cela créa un malaise au point que j'avalai d'un trait mon verre de prosecco pour en recommander un. Je refusai de le voir mais lui, un peu surpris, n'hésita pas à me regarder et à s'approcher.

« Nicki….

— Va-t'en ou je hurle !

— Mais Nicki…

— Je pars, alors !

Je prévins mes collègues que je souhaitais m'éclipser et je disparus du bar. Heureusement, Enrique était trop occupé par sa godiche pour me suivre.

Alors que cette nuit d'été semblait belle, chaude et douce, comme faite pour les amoureux, je marchais seule dans la rue. Le bitume se rondissait par parcelles, la chaleur s'amplifia. Sous mes pieds, le sable s'écrasa et il contribua à ralentir mes pas tandis que mes forces disparaissaient. L'épuisement me gagnait. Ma gorge était nouée, ma bouche se liquéfia sous formes de gouttes de salives qui luttaient contre le dessèchement. Dans ces conditions-là, on ne pouvait plus vivre.

Il n'y avait pas de sable. Etait-ce un mirage urbain ?

Depuis le jour où j'avais écouté les préceptes religieux, quelques phénomènes étranges se produisirent. J'avais commencé par essayer de moins penser à moi, et d'être gentille, sincère, altruiste. Le premier jour, j'agis sans faute. Et le soir même, je m'endormis juste après m'être posé quelques questions. Tout d'un coup, je me réveillai dans un environnement inconnu. J'étais allongée sur un lit, dans une chambre sombre ; visuellement, c'était tout ce que je percevais. L'odeur semblait différente de chez moi. Je n'étais pas seule. J'entendis un bruit à l'extérieur, des bruissements étouffés par le manque de proximité. Je jetai un coup d'œil à la fenêtre, cachée par des rideaux qui laissaient couler un mince filet de lumière. La mer, ou quelque chose qui y ressemblait, paraissait proche. L'homme à côté de moi murmurait quelque chose dans une langue qui ressemblait à de l'italien.

— Va….

Je distinguais mal les mots, je pensais qu'il me demandait si j'allais bien

— Non, répondis-je.

Je ne pouvais pas répondre autrement Il alluma la lampe de chevet. Le choc. Beau, bronzé, les yeux bleus. Très beau. Il portait un pull moulant noir que ses formes remplissaient bien, plus précisément ses muscles. Le bellâtre recommença à parler dans sa langue dont je compris uniquement :

— ….Fré……to

Je pensais qu'il me demandait si j'avais froid. Dans ce genre d'univers, on comprenait tout, même en communiquant dans une langue étrangère.
Il s'approcha de moi et me prit dans ses bras. Je respirais les effluves de son parfum et je sentais son corps chaud et rassurant.

Etais-je morte ? C'était cela le paradis ? Ce moment-là fut terriblement apaisant malgré la présence d'une multitude d'éléments inconnus qui se présentaient à moi. Après, le blackout, comme si la terre s'ouvrait, que je tombais et qu'il n'était pas là. Retour à la réalité. J'avais rêvé.

Sortir avec des amies, c'était l'occasion de décompresser, car la rédaction de mes articles monopolisait constamment mon esprit. Ce soir-là, nous pensions à nous amuser, à rire entre filles, à la nuit, à la musique et surtout, à nous décontracter. L'atmosphère s'avérait toujours ouverte. Même avec quelques années de plus, même si ce n'était pas la première sortie, ni la dernière, l'esprit d'ouverture perdurait.

Une rencontre pouvait se révéler sympathique ou catastrophique. Tout dépendait de la suite. Dans le pire des cas, on regrettait, dans le meilleur, on ressentait une amélioration de son existence. Et après ? Cela paraissait un détail dans une soirée parmi tant d'autres.

Nous étions conviées à une soirée privée dans un appartement luxueux situé dans le quartier de Plainpalais. Un événement banal, typiquement genevois. C'était dans cette ambiance que je vis l'homme du rêve. Oui, l'homme du rêve existait ! Timide mais pas effacé. Physiquement comme dans le rêve ; beau, bronzé, les yeux bleus. Un visage parfait, une barbe d'un jour et les cheveux courts dont les pointes tiraient vers le haut grâce à du gel capillaire.

Ses yeux bleus lumineux agissaient comme des projecteurs sur tout ce qui l'entourait. Il ne cherchait pas à attirer l'attention sur lui, mais son regard mettait les autres en valeur. Je m'étais sentie plus présente lorsqu'il le posa sur moi. Et cette sensation-là ne pouvait me laisser indifférente. C'était étrange, je n'avais jamais ressenti cela auparavant, c'était comme s'il dégageait de l'altruisme, lui, un homme. Rien à voir avec Enrique qui orientait l'attraction autour de sa personne et croyait être un spectacle à lui tout seul.

Tina, ma collègue, le désigna :
« Tu vois qui c'est ? Luca Giudici, le designer de la bijouterie Wish. Il a créé le fameux collier qu'a porté Monica Bellucci lors du dernier festival de Cannes, dont tout le monde parle encore. Depuis cet exploit, il est très sollicité par les journalistes. On pourrait profiter de sa présence pour l'interviewer avant tout le monde… En plus il est plutôt mignon… »

Dans ce genre d'atmosphère, les discussions professionnelles s'avéraient difficiles. D'abord à cause de l'heure mais surtout parce que j'avais bu. Je n'y connaissais rien à cette histoire de nouveau modèle, mais bon, tant qu'à faire, je n'avais qu'à me documenter.
« Je veux bien m'en charger, annonçai-je sur un ton peu sérieux reflétant les grammes d'alcool ingurgités.
— Il me semble qu'il a fait partie d'un groupe de rock à succès avant de se reconvertir… Mais il a tendance à rester discret sur ce sujet. Et ça, c'est dommage parce qu'on aurait droit à des révélations chocs, en exclusivité dans notre journal.
— Vraiment ? »
J'allais lui mettre le grappin dessus. Non, pas le draguer, mais relever ce défi de tout savoir sur lui.

Pour ses petits secrets, je savais que j'avais intérêt faire preuve de finesse pour l'amener à tout révéler. Si j'avais été plus sobre, je n'aurais pas eu tant d'audace. Là, dans un autre état, je semblais davantage en mesure de tout supporter et de prendre des risques. Cela devait être pour cette raison que certaines personnes étaient accros à cela.

Nous nous joignîmes au groupe où se trouvait ce fameux Luca Giudici. Les présentations furent faites, et aveuglée par mon objectif, je ne retins pas les noms des personnes présentes. Il aurait pu regarder davantage les autres filles et s'intéresser à elles, ce qu'il ne fit point ; il ne cessait de m'observer.

Je démarrai la conversation sur un thème banal : la musique qui passait en fond sonore. Nous devisâmes autour de ce sujet pour ensuite aborder le thème des voyages. Il sortit de sa réserve apparente sans toutefois tomber dans le style « grande gueule décontractée ».

Il n'était pas italien, mais tessinois. Il tenait à préciser cette nuance helvétique.

Je pensais que je ne me ferais jamais à l'idée de cette diversité que contenait la Suisse. A Zürich, je les aurais pris pour des Allemands. A Lugano, je les aurai crus italiens. Tout cela à cause de leur dialecte parlé. A Genève, on ne pouvait les confondre avec des Français du fait de leur accent et de leur mentalité différente.

Je l'avais presque soupçonné de mentir rien qu'à cause de cela. D'ailleurs, il vivait dans la ville de Carouge, autrefois le ghetto des Italiens. On racontait même que cette ville aurait appartenu au roi de Sardaigne. A force de ressasser dans ma tête l'histoire avec mon ex-mari, je ne pouvais m'empêcher de douter de lui.

Jamais vu un homme aussi zen. Il devait bien se poser des questions à certains moments ? Ou bien il se moquait de tout ? Parce que s'il voulait quoi que ce soit de moi, il avait intérêt à cogiter et à ramper, enfin, à faire le maximum. Jamais je n'arriverais vers lui après qu'il ait claqué les doigts, autant devenir lesbienne. Enfin, j'exagérais uniquement pour l'homosexualité, pas pour mon refus d'esclavagisme.

La soirée aurait dû se dérouler seulement ici, à se divertir « en privé » en compagnie de personnes sélectionnées, dans un champ bien couvert, jusqu'à ce que le sommeil incite à prendre le chemin de la maison. Cela aurait dû avoir lieu comme cela, sans imprévu, sans bouleversement réel. Il discuta longuement avec moi, ou plutôt, c'était moi qui bavardais, un vrai moulin à paroles et lui écoutait, me regardait et affichait un petit sourire charmant. Je ne m'attendais pas à passer tout ce temps à abreuver les oreilles d'un inconnu physiquement attrayant, mais je restais tellement concentrée sur mes propos, que j'évitais de le regarder, et heureusement, car son physique pouvait à lui seul détourner toute femme honnête du droit chemin. Plus précisément, je ne réussissais pas à le cerner. Qui était-il ? Un inconnu, jeune, mais qui semblait avoir vécu. Son visage n'était pas lisse ; il ne ressemblait pas à un fils à papa genevois, et encore moins à un beau parleur, en tout cas, parce que je monopolisais la parole. Cela ne semblait pas le déranger et, de toute manière, je n'avais nullement l'intention de m'arrêter, je demeurais constante dans le moment. Il aurait pu partir en courant, saoulé par mes mots.

Finalement il prit la parole :
« Et si nous allions à l'Alhambar? »
Je regardai ma montre. Plus d'une heure avait passé et j'étais encore en train de discuter avec lui ! Je cherchai du regard mes amies. Elles étaient groupées sur le canapé et ne se préoccupaient pas trop de mon sort. J'hésitais. Je les laissais lâchement ou je le laissais lui ?

J'étais la spécialiste pour lâcher les hommes mais là, je doutais de mon action à venir : j'appréciais les nouvelles rencontres, il paraissait sympathique et séduisant, pas prédateur, et en plus il m'écoutait avec intérêt, c'était valorisant. De plus, j'avais une mission d'ordre professionnelle à accomplir.

Finalement, je déclarai :
« Attends un moment, je vais voir mes copines. »
Lorsque j'arrivais vers elles, elles discutaient bruyamment. Apparemment, elles avaient un peu trop bu et ne semblaient pas réaliser ma présence. J'essayai de placer un mot, peine perdue. Cela paraissait ironique : d'habitude, je pouvais être sûre que mes copines m'écoutaient ! Je ne pouvais attendre autant d'un homme. Je me sentais donc hors jeu et ma décision fut prise : je retournai vers lui.
« On y va ? »
Seulement j'ignorais avec qui j'allais.
« Euh, au fait, tu t'appelles comment ?
— Luca. »
Quelle gourde j'étais ! J'avais complètement oublié que c'était le fameux Luca Giudici !

Je posai ma main droite sur mon front, atterrée par tant de négligence. Si moi je ne souvenais plus de ce que je racontais, je devais être dans le même état que mes amies, alors que je croyais que l'alcool s'était évaporé au fil des heures et de l'agitation de la conversation. En fait, je supposais que c'était la fatigue et le caractère inhabituel des événements qui m'influençait.

Nous nous rendîmes à pied jusqu'au bar en question, le trajet dura cinq minutes car les distances restaient minces dans cette ville. Sur le chemin, il me prit la main d'une manière galante.

D'habitude bondé, l'Alhambar affichait une atmosphère calme, rythmé par de la bossa nova. Apparemment, tout le monde était parti dans une autre soirée. Un canapé semblait disponible alors que d'habitude je me trouvais debout, tellement le manque de place se ressentait.

Cela faisait des mois que je ne m'étais pas amusée avec un homme. Le travail m'absorbait et instinctivement, je n'autorisais pas n'importe quel homme entrer dans mon appartement comme dans ma vie. Mon chez-moi demeurait une forteresse bien gardée, et l'idée de laisser un homme en profiter me déplaisait. M'amuser avec le premier venu ne m'intéressait guère, je devenais de plus en plus sérieuse avec le temps et à force d'évoluer professionnellement. Je commençais à me faire connaître et le fait de s'afficher avec un crétin pouvait légèrement nuire à l'image que je donnais.

Ce soir-là, je n'avais plus du tout envie de penser…pas envie de songer au travail, ni au passé que je traînais. Pour une fois, la méfiance s'évapora, elle fut remplacée par l'excitation de la rencontre. A la manière dont il me regardait, j'en déduisis qu'il se passait quelque chose.

Le temps n'existait plus. Je me sentais terriblement à l'aise car Luca était de moins en moins un inconnu.

Nous discutions sur nos vies respectives. Pour ma part, j'évoquai mon emploi actuel. Il me parla du sien, de son amour pour l'art et les artistes, et qu'il aimait pratiquer des sports tels que la musculation et la natation. Il demeurait plus souriant que tout à l'heure. Tout en sirotant un Cosmopolitan, je parlais et je le regardais. Se rapprocher apparaissait comme une évidence, et assis côte à côte, sur ce canapé protégé par des rideaux de perles, nous semblions enfermés dans un autre monde. Il passa son bras autour de mon épaule et diminua la distance qui nous séparait.

Il pouvait me voler un baiser. J'attendais avec impatience qu'il le fasse, car toutes les circonstances s'y prêtaient et faisaient sentir l'imminence de cet acte. Mais très gentlemen, il procéda de manière différente.

Il posa ses lèvres à un centimètre des miennes,
de manière précise. Il avait bien calculé son acte,
parce que si j'avais bougé, sa bouche aurait dévié plus
loin et précipité les événements. C'était quelqu'un de
minutieux cela se voyait et ce n'était pas pour rien
qu'il exerçait son métier. Je sentais que cela
demeurait intentionnel ; il désirait à la fois rester
courtois et me laisser un souvenir, une trace unique et
personnalisée, pour terminer la soirée. Il avait réussi.
Aucun homme ne m'avait fait cela de cette manière
auparavant. Un véritable effet expresso : tonique, fort,
réveillant tous les sens, tout ce qui paraissait endormi
pour toujours. Je restais consciente et étonnée.

Le lendemain, je passai la journée à dormir. Ces derniers temps, je travaillais beaucoup. A la rédaction, nous nagions dans le stress, car nous nous trouvions en plein bouclage du prochain numéro. Ma fatigue demeurait physique et émotionnelle. Plus j'avançais, plus je sentais que l'on m'attendait au tournant et que je devais redoubler d'effort. Beaucoup de filles aimeraient être à ma place. Je devais arriver lundi fraîche et disposée à travailler efficacement. J'essayais de ne pas encombrer mon esprit de préoccupations sentimentales alors que nous avions du pain sur la planche.

De retour au travail, j'aurais pu ignorer pendant toute la journée les événements du week-end. Peine perdue, toute la rédaction paraissait au courant. Même si ma vie privée ne regardait que moi, je tenais à clarifier les choses et j'annonçai à la réunion du matin que non, je n'avais pas couché avec lui et qu'il ne s'était rien passé. Alexandra s'immisça dans cette affaire de façon sérieuse :

« Tu as fait une interview de lui ou tu vas en faire une ?

— Je vais en faire une.

— Très bien, on aura une longueur d'avance sur les autres. Apparemment il n'a pas de petite copine, d'ailleurs je me demande s'il n'est pas homo… »

Et là, le débat fut lancé. Cela me glaça le sang. Je n'avais pas mentionné les détails, mais un homme qui ne me saute pas dessus tout de suite, cela me surprenait. Et s'il était homo ? J'aurais été dans de beaux draps.

« La plupart des créateurs le sont.

— Il s'habille bien. »

Tous ces commentaires me mirent mal à l'aise.

Je me balançai nerveusement sur ma chaise et j'annonçai :

« Je finirais par le découvrir. Donc une interview, ça te va, Alexandra ?

— Oui. Et au moins une photo. Je sais qu'il est difficile de lui soutirer une séance photos, à moins que tu y arrives… »

Là j'étais gonflée. Luca et moi, on s'entendait bien, on avait échangé nos numéros de téléphone… Le doute m'empara. Voulait-il me revoir ? Accepterait-il de m'accorder une interview ? Etait-il homosexuel ?

« Et l'article sur l'homme froid ? »

Toutes les filles éclatèrent de rire. Certaines y croyaient, d'autres n'y croyaient pas.

« C'est en cours, je suis en train de voir cela avec Tina », répondis-je.

J'avais enfin imposé une rubrique relation hommes-femmes dont je me partageai la tâche avec Tina, une de mes collègues. Je m'entendais bien avec cette dernière qui affichait quelques années de plus que moi et qui avait beaucoup de vécu.

L'idée du thème « l'homme froid » émana du souvenir d'un crétin que j'avais rencontré peu de temps avant ma relation avec Enrique. Il s'appelait Gunther. C'était un Suisse-allemand grand, musclé avec des beaux yeux bleus, des cheveux bien courts châtains et il m'intéressait. Et apparemment je l'intéressais. Tout cela aurait dû finir au lit, mais il ne s'était JAMAIS rien passé. Et pourtant Gunther avait joué à un jeu de séduction derrière ses pulls moulants. En plus il était célibataire ! Enfin, jusqu'au jour où j'avais découvert qu'il avait cédé à une fille et s'affichait avec, bien après m'avoir rencontrée. Comme si moi, je n'étais pas assez convaincante pour entretenir avec lui des rapports physiques.

Il m'avait allumée et ne m'avait strictement rien donné. Et derrière ses muscles se cachait un vrai coincé limite chochotte : dès qu'une conversation déviait vers des allusions, monsieur se cabrait. Il avait peur. J'avais même l'impression qu'il avait peur que je le touche. Et curieusement, Tina avait connu un homme comme cela, seulement elle, elle avait réussi à mettre le grappin dessus. Et ce fut le cauchemar. Elle m'avait raconté que son homme froid – ou plutôt ex-homme froid – se limitait au minimum au niveau des relations physiques. Celui-ci prenait rarement des initiatives et lorsqu'elle mettait des sous-vêtements en dentelle, elle se faisait traiter de « vilaine fille », tout cela parce que monsieur n'aimait que le coton. C'était la personne la plus ennuyeuse qu'elle avait jamais connue, et pour une fois, elle aurait aimé un homme, un vrai, plus chaud, et pas un bébé qui semblait rechercher une deuxième maman. Quelque part, je n'avais rien manqué, mais je déplorais la prolifération de cette espèce qui semait la confusion chez la gent féminine, d'autant plus qu'on n'évoquait jamais ce genre d'énergumène.

Il semblait particulier, ce Luca Giudici. Les événements avaient pris une tournure inimaginable. Cela me turlupinait. Il s'était rapproché de moi, quand même. Cela avait ressemblé à des câlins. Qui était-il ? Même après l'avoir rencontré, je mourais d'envie de mener mon enquête. Comme toute femme d'apparence raisonnable, je manifestai des réticences et ensuite je cédai en invoquant des bonnes raisons : pour ma protection, et mon statut de journaliste, qui justifiait le fait de mettre mon nez partout.

Je fouillai internet pour trouver des informations. A l'époque où il jouait dans son groupe, j'écoutais des artistes internationaux, d'où la méconnaissance de sa personne. Les seuls artistes locaux qui m'intéressaient, c'étaient mes camarades de lycée. Au moins, je pourrais trouver des indices s'il était homosexuel.

Après maintes recherches, je tombai sur des photos de lui. Incroyable, il paraissait moins sûr de lui et plus jeune, avec des cheveux plus longs. Habillé à la mode de l'époque. Aucune trace de sa vie privée, les journaux évoquaient plus celle de ses camarades. Le mystère planait toujours sur lui.

Toutefois, je réussis finalement à trouver un article paru six mois auparavant, semblant plus consistant :

La taille du diamant n'est pas assez conséquente pour réaliser le collier », assène Luca Giudici à l'un de ses collaborateurs, quittant la pièce à notre arrivée.

Dans son bureau de la rue du Rhône, Luca Giudici suit de près les modèles qu'il a dessinés, même s'il ne dirige pas la bijouterie Wish. Le regard bleu intense n'ayant rien à envier aux saphirs employés, un physique de modèle pouvant à lui seul représenter l'image de la marque, Luca Giudici est là où on ne l'attend pas. Qui aurait cru qu'il incarnerait le célibataire le plus convoité dans le paysage genevois ?

Né à Lugano, Luca Giudici montra très jeune un grand intérêt pour l'art, qui ne s'arrêtait pas aux dessins qu'il réalisait, ressemblant plus à des natures mortes qu'à des gribouillages enfantins.

« Enfant, j'adorais manipuler la guitare de mon père », confesse-t-il.

Quelques années plus tard, il triomphe dans un groupe de rock où il faisait (déjà) des ravages auprès des filles. De ces années-là, Luca préfère éviter le sujet. La presse a fait beaucoup écho des difficultés et des conflits au sein du groupe, notamment liés à la drogue.

« J'ai vu des choses, mais je n'y ai pas touché. Ma famille n'aurait pas supporté et, pour réussir, il faut un certain équilibre, sinon on tombe. »

Après avoir quitté le groupe, Luca Giudici continua ses études, qu'il avait déjà entamées en parallèle de sa carrière musicale.

« Le design a sauvé ma vie ! Cela semble inconcevable, mais cela m'a permis de prendre la distance nécessaire pour émerger de toute cette folie entourant le groupe qui m'était tombée dessus. Sans cela j'aurais été perdu ! »

Un stage à Milan le convainc de se faire un nom dans la profession. Après quelques débuts timides chez l'étude Sampling, il s'imposa finalement comme désigner pour le joailler Wish, où le succès arriva. Comment une telle transition a-t-elle pu se faire ?

« *Le design ne concerne pas seulement le mobilier, mais divers objets. La joaillerie est un domaine plus pointu et plus exigeant. On peut créer des lignes modernes, mais il faut tenir compte d'autres paramètres, comme les matières employées.* »

Face à son succès auprès de la gent féminine, pourquoi ne pose-t-il pas pour la nouvelle collection de bijoux pour hommes que Wish va lancer prochainement, et dont l'égérie annoncée sera l'acteur américain Bradley Will ?

« *Je ne suis pas assez mince pour faire le model, et de plus ce n'est pas mon job* », *répond-il avec l'accent tessinois qui fait son charme. On aurait tort d'acquiescer ; de près, sa plastique demeure irréprochable. Une perte pour le monde du mannequinat masculin...*

Interrogé au sujet de sa collaboration avec ce dernier, Michael Scheufel, le directeur de Wish, se montre enthousiaste :
« *Depuis qu'il travaille pour nous, notre chiffre d'affaires a plus que doublé, et nous avons acquis une nouvelle clientèle, moderne et exigeante.* »
L'avenir de Luca Giudici s'annonce décidément prometteur...

Côté vie privée, on lui prête de multiples aventures depuis la rupture il y a deux ans avec Gianna Mocante, une amie d'enfance.

« Ma vie privée ne regarde que moi. »
déclare-t-il.

Nombreuses sont les femmes qui voudraient en
faire partie.
« Je suis vieux jeu, affirme-t-il. Je n'ai pas eu
toutes les aventures que me prêtent les journalistes. »

On n'en saura pas plus. Cependant, le nombre
de prétendantes ne cesse d'augmenter.
« J'ai du mal à comprendre toute cette folie.
Je ne suis qu'un être humain. Peut-être que tout cela
cessera le jour où je me marierai. »
Luca Giudici semble y tenir. Ce jour-là, ce
sera un coup dur pour ses admiratrices.

Cet article paraissait de loin le plus complet sur Luca. Je compris que sa fonction demeurait plus importante que je ne l'imaginais. Ce n'était pas n'importe qui, lui. Il jouait dans la cour des grands et pourtant, il m'avait adressé la parole et avait passé toute une soirée en ma compagnie, avec des regards et des attitudes signifiant un intérêt visible et incontestable. Et lui s'intéressait à moi, cela semblait surprenant, inconcevable ! Il aurait pu centrer son intérêt sur une bourgeoise de la rue du Rhône, pas sur une journaliste débutante et ex-star déchue dans mon genre. Cela méritait diverses interrogations.

J'avais appris des faits que j'ignorais à son sujet, toutefois, je restais sceptique ; souvent, les journalistes romançaient les articles, et intégraient des rumeurs fausses. Je ne pouvais affirmer si l'allusion à sa vie sentimentale était exacte, et je fus étonnée qu'il ait eu dans son passé une relation amoureuse avec une fille répondant au nom de Gianna Mocante, qui semblait d'une banalité affligeante par le seul fait d'être « une amie d'enfance ». Je me demandais à quoi elle ressemblait. Qu'importe. Toutefois, je désirais toujours le connaître mieux. Tout savoir sur lui.

234

Et si c'était un homme froid ? Dans ce cas, je ferais une interview rapide et je partirais en courant. Ce serait dommage, mais il ne fallait jamais s'attarder devant ce qui semblait être un problème. En tout cas, je me demandais comment j'allais procéder : soit la démarche privée, ce qui signifiait que j'attendrais qu'il m'appelle, soit la démarche professionnelle ; c'était à moi de l'appeler pour lui solliciter une interview dans le cadre du travail. Cela semblait délicat et je ne savais comment trancher. On ne pouvait jamais compter sur les hommes et parfois, il valait mieux prendre l'initiative surtout que cela relevait de mon intérêt professionnel. D'un autre côté, je devais garder mon sang-froid et ma fierté ; c'était à l'homme d'appeler. Nos relations ne paraissaient pas professionnelles – on se tutoyait depuis le début –, on n'avait pas beaucoup parlé du travail, et on aurait dû être plus rigoureux dès le départ et ne se limiter qu'à cela. Mais d'un côté, je n'allais pas me laisser impressionner par un Tessinois, si mignon soit-il.

Cette histoire d'orientation sexuelle et d'homme froid me chiffonnait. Qu'est-ce que je pouvais faire ? Lui montrer l'article sur l'homme froid en lui demandant s'il se reconnaissait ? Le mitrailler de questions sur la chose ? Comme cela, la chochotte qui se cachait en lui se réveillerait et partirait en courant, ce qui compromettrait l'article que je devais rendre.

Finalement, il appela. Avec Tina, nous étions en train de boucler l'article sur l'homme froid, juste après que la petite nouvelle de la rubrique cosmétique nous avait demandé notre avis sur son papier. Eh oui, je ne m'occupais plus des cosmétiques, j'avais vraiment pris du gallon et on m'avait assignée à ce que je voulais. Cependant, il m'arrivait d'aller voir la nouvelle et de profiter de son arrivage de produits, histoire d'être la première à en bénéficier. Mon portable sonna alors que j'étais absorbée et j'étais loin d'imaginer que c'était lui :

« Je voulais prendre de tes nouvelles. »

D'abord j'avais encore oublié que je tutoyais celui dont toute la rédaction parlait encore. De plus, au lieu de me laisser languir trop longtemps, monsieur était passé à l'action. Il fallait que j'atterrisse et que je ne perde pas de vue mes objectifs :

« Ça va et toi ?

— Beaucoup de boulot en ce moment, mais ça va.

— Euh, au fait tu te souviens, je t'avais dit que je travaillais pour un journal ?

— Je sais que tu travailles pour HK.

— Justement, m'accorderais-tu une petite interview ? On la ferait de manière décontracte.

— J'ai deux conditions. »

Là, je craignais le pire comme le meilleur.

« Qu'on se retrouve au jacuzzi du spa du centre-ville puisque tu suggères de le faire de manière décontracte, et que tu répondes toi aussi à mes questions. »

Ah le petit cochon. Il me proposait déjà un rendez-vous en maillot de bain. A moins qu'il ne joue à l'allumeur. En tout cas je me trouvais ennuyée parce que je devais procéder à quelques travaux pour être présentable : mini régime, épilation et overdose de crème fermeté. Je ne ressemblais plus à un mannequin depuis longtemps, j'étais mince mais pas filiforme. Je me demandais ce qu'il attendait. Voulait-il jouer au macho en essayant de me voir en maillot de bain ? Si c'était le cas, il ne méritait rien de moi et je le rencontrerais uniquement pour l'interview et cela suffirait. Et s'il se permettrait de me poser des questions déplacées, alors là je ferais un portrait odieux de lui, comme ça toutes les lectrices sauraient que c'était un macho et elles le détesteraient.

Réflexion faite, faire connaissance avec quelqu'un et l'interviewer, il n'y avait aucune différence.

Le jour J, après avoir réglé les problèmes techniques, j'étais parée. Je le retrouvai dans le spa du centre-ville. Je m'y rendais rarement car j'en fréquentais un autre situé non loin de la rédaction.

On ne savait jamais ce qui se cachait derrière les vêtements d'un homme, à moins de se retrouver dans le genre de situation que tout le monde connaissait. Cette fois-ci, monsieur allait se livrer sans passer par cette case, car dans un lieu « public » cela ne pouvait pas arriver. Encore que le terme « public » ne s'appliquait pas à cet endroit car il n'était pas fréquenté par la foule, juste par des privilégiés…

Si je me comportais comme un homme macho, j'aurais dit que Luca me présentait la marchandise afin que je puisse choisir et me décider. Comme cela, si j'étais satisfaite, je pouvais l'embarquer, donc prendre à l'emporter pour consommer. Mais loin de nourrir ce genre d'idées – enfin, peut-être – je prenais les moments à venir comme ils venaient tout en limitant les questions et les pensées qui ne pouvaient s'annuler de mon esprit du fait de mes expériences passées.

Je le retrouvai directement à l'entrée du jacuzzi, déjà vêtu d'un maillot de bain. Le torse était bombé et les abdos comme des petites tablettes de chocolat. Non pas aussi musclé qu'un bodybuilder, mais chez lui, le muscle se faisait léger et naturel, comme si les formes de son corps étaient ainsi. J'aurais pu le croire s'il ne m'avait pas révélé dès notre rencontre qu'il fréquentait la salle de gym. La peau de sa poitrine paraissait quelque peu lisse ; il n'était pas imberbe car quelques poils se présentaient mais je n'allais pas non plus les compter !

Question corpulence, il n'était ni gros ni maigre, affichant une peau bronzée qui devait résulter de vacances au soleil. Vraiment, il paraissait sexy. J'avais évité de regarder le reste par peur qu'il s'en aperçoive, il y avait des limites.

Dès le début, j'attaquai avec les questions plus orientées sur son emploi. Il me révéla qu'il avait beaucoup travaillé sur sa dernière création, qu'il s'était toujours senti artiste dans l'âme mais pas trop bohème. Une brèche s'ouvrit, je pouvais aborder le sujet sensible.
« Tu étais dans un groupe de rock avant ?
— Oui.
— Pourquoi tu as arrêté ?
— Nous avions du succès mais rien n'allait, en fait. Je ne reconnaissais plus les autres membres, certains étaient tombés dans la drogue… j'évite d'en parler par respect pour eux… Nous n'étions plus sur la même longueur d'onde. Il y avait ce succès tellement… commercial. J'avais l'impression que notre groupe n'était qu'un produit.
— Oui, mais ce que tu fais maintenant… c'est aussi commercial. »
Cette réflexion m'avait échappé.

« Cela ne prend pas la même ampleur. Je peux rester dans l'ombre, mais c'est vrai que ce n'est pas toujours le cas. Le temps a fait son chemin et m'a apporté un peu de sagesse et de compréhension. J'ai compris qu'il y aura toujours une fille qui viendra vers moi parce que je crée des bijoux ou parce que j'avais composé des chansons. Cela peut être pareil pour un type riche qui attire les filles avec son compte en banque. »

Là, j'étais soufflée. Lui, il avait l'air de vraiment penser avec sa tête ! Son discours paraissait tellement sensé et réfléchi, loin de la tchatche où se spécialisaient la plupart des hommes d'aujourd'hui. Mais attention, on aurait dit qu'il blâmait les filles.

« Tu as une copine ?
— Non.
— Tu aimes bien les filles ?
Il parut étonné de ma question. Cependant, sa cervelle se mit en marche et de l'amusement apparut dans son regard puis descendit jusqu'à ses lèvres qui souriaient.
— Tu veux savoir si j'aime les filles ? Bien sûr ! Je ne suis pas… Non, reprit-il, je suis loin d'être gay. »
Il prit ma main, mouillée par le bain et se rapprocha. Il n'avait même pas regardé si une employée rôdait dans les parages. Il m'embrassa. Je ne m'y attendais pas. J'avais même l'impression qu'il hésitait entre juste m'allumer ou céder à sa tentation. Il embrassait très bien. Pas une trace de force ou d'agressivité, tout en douceur. Loin d'un Enrique qui désirait jouer au fauve puissant.

« Tu emmènes toutes les filles que tu connais à peine dans un spa ?

— En général non. Je suis plutôt timide. Mais avec toi, je me sens à l'aise. »

Je ne disais rien.

« Aussi parce que j'ai l'impression de te connaître.

— Comment cela ?

— J'ai l'impression de t'avoir déjà connue auparavant.

— Oh non ! Je traîne un passé infect et je veux oublier tout cela. Aller de l'avant.

— Moi aussi. C'est ce que nous sommes en train de faire en ce moment, dit-il en passant son bras autour de mes épaules. »

Luca m'avait accordé le droit de publier un article sur lui et, par loyauté envers lui, je lui avais montré le brouillon avant de le présenter à la rédaction, quelques jours après, lorsque nous nous étions retrouvés dans un bar. Il vivait une période stressante avec la sortie des nouveaux modèles et manquait de disponibilité. Cependant, il m'assura qu'après cela il voulait prendre du temps pour lui. De mon côté, je restais énormément absorbée par mon travail. Tout s'était passé rapidement après une longue période de célibat. Le divorce n'était toujours pas prononcé et je savais que cette histoire-là ne se résoudrait pas rapidement. Je ne pouvais dissimuler le fait que je me sentais bien, que sa présence m'apportait beaucoup et cela, naturellement. Cependant, il fallait éviter de reproduire un autre désastre.

Tout paraissait comme si Luca tentait tout pour que j'évite de le traiter comme un mouchoir jetable. Cependant, il devait me prouver qu'il agissait ainsi parce qu'il avait beaucoup à m'offrir et rien à me soutirer.

Mes expériences m'avaient laissé des impressions contrastées. Je refusais de subir à nouveau tout ce que j'avais vécu avec Enrique. D'un autre côté, ce semblant de stabilité qu'il m'offrait, quelque part, je le réclamais à nouveau. Cela, tout au fond de moi. Je préférais me préserver et le masquer. Je repensais au passé, je doutais, je relisais les mots figurant sur les papiers destinés à la procédure du divorce. Le retour brut à la réalité, aux dégâts causés par mon relâchement et mon ouverture. A moins qu'une relation stable avec une personne formidable semble possible, sans que cela débouche sur des conséquences catastrophiques. Cela relevait du rêve. Je n'avais pas non plus essayé récemment car je ne m'étais pas, par exemple, attardée à la personnalité de Francesco et je l'avais considéré uniquement comme un mouchoir jetable. La faute à mes parents peut-être : ils m'avaient habituée à l'inconstance et à l'instabilité car lorsqu'ils étaient encore ensemble, l'atmosphère était pourrie.

Ma tête restait encore plongée dans cette affaire de divorce. Après cela, on ne pouvait se dire qu'on allait laisser les choses se faire et les vivre sans se poser de questions puisque cela, je l'avais déjà fait et voilà à quoi cela avait abouti. Pour ne pas reproduire ça, je devais être maligne et faire preuve de finesse. Je devais guetter le moindre indice me permettant de me prouver que je me trouvais dans un futur pétrin ou dans un futur bonheur.

Il repoussait le moment fatidique où nous étions censés nous découvrir. Nous nous rapprochions puis nous nous éloignions. Cela ne ressemblait pas à de la répulsion, et en y réfléchissant bien, j'avais compris la signification du mot « désir ». C'était Luca qui me l'avait enseignée et je réalisais qu'il voulait que je le désire plus que tout. Son côté exigeant s'extirpa de lui. Agir de la sorte lui permettait de trouver sa place dans ma vie, sans illusions et sans s'imposer.

Aucun homme n'avait agi de la sorte auparavant. Cela paraissait admirable. Il ne contrôlait pas ma vie, il me laissait ma place et la valorisait. Et pour cela, il renonçait à ce que les hommes préféraient : la facilité. Il possédait ainsi une part de féminité et une intelligence rare. Ce n'était pas le genre à dire :

« Nicki, je sais faire la cuisine, alors on peut passer à la casserole. »

Il m'invita chez lui. Il vivait dans la ville de Carouge, dans un vieil immeuble. D'abord, il fallait trouver son adresse. Je ne connaissais pas tous les recoins par cœur. Quand j'arrivai, il me démontra qu'il savait recevoir. L'intérieur de son appartement paraissait chaleureux et simple, cela ne ressemblait ni à un appartement désordonné d'un célibataire, ni au foyer raffiné d'un homosexuel. Les photos et les peintures qui ornaient ses murs témoignaient de son intérêt pour l'art. Cette incursion chez lui ressemblait à une épreuve – et Dieu sait que je lui en soumettais – pour mieux le cerner. Il m'embrassa et prit ma veste. Cela ne rigolait pas : il s'était abstenu de me sauter dessus comme un sauvage. Des odeurs et de la chaleur émanaient de la cuisine. Il avait dû travailler aux fourneaux. Il savait donc cuisiner, une aubaine pour moi qui n'excellais pas dans ce domaine. Je fus également accueillie par Poupoune, son chat noir, plus affectueux qu'effrayant. Luca était vêtu d'une chemise blanche bien coupée, très près du corps, qui mettait en valeur son large torse. Un lacet noir terminé par une médaille dorée ornée de gravures entourait son cou. La première chose qu'il me demanda, c'était comment s'était passée ma semaine. Tout le temps il s'enquérait de mon bien-être.

Il me servit un verre de champagne avec des Grissini. Rappelons-nous qu'il ne fallait pas le traiter d'Italien.

J'appréciais le champagne, cependant, j'en consommais régulièrement lors de toutes ces festivités et soirées organisées autour du journal. Je n'allais donc pas m'extasier à la vue de ce breuvage, et ses yeux bleus savaient qu'il pouvait me séduire autrement. Juste ses yeux. Profonds. Sincères. Vraiment, il paraissait sincère et c'était si fort que mes doutes s'apprêtaient à tomber.

Ce soir-là, après son fabuleux dîner aux chandelles, nous fîmes l'amour ensemble et ce fut une redécouverte de l'acte physique.

Jamais je n'avais vécu un tel moment de cette manière. Jamais je n'avais ressenti une telle dévotion et passion de la part d'un homme. Ce fut à son image, comme il était vraiment, et non pas comme les gens croyaient qu'il était. Un grain de folie sauvage derrière un aspect lisse au sommet de l'élégance et du raffinement.

Cela semblait tellement irréel ! Comment avais-je pu ressentir autant de sensations de cette puissance-là ? J'en étais presque dévastée. Comblée mais dévastée. Ce ne fut pas purement physique ; l'acte avait pris une dimension émotionnelle tellement inattendue qu'elle m'avait secouée. Je tenais là la personne qui, par sa capacité à me combler, pouvait me détruire juste en me quittant. Et cela je le sentais si fort… que j'en devins presque fragilisée.

Avec lui, c'était du sérieux, rien à voir avec Enrique qui paraissait léger comme l'air. Il voulait prouver que ce n'était pas du vent. Les courants d'air attiraient les femmes avec leur côté mystérieux, inaccessibles et impossibles. Cela révélait la face masochiste cachée de chaque femme et promettait du dramatique comme dans un roman. Alors qu'un homme sérieux, tout aussi bien qu'il était, paré de bonnes intentions, risquait de n'offrir que de la routine.

Se laisser aller, faire confiance, voilà ce qui paraissait difficile. Je n'avais pas de formation, pas vraiment de cervelle, et pourtant, j'étais devenue journaliste, et, cela, malgré tout, ne me parut pas insurmontable. Luca semblait mériter une prise de risque, mais j'avais presque pensé cela d'Enrique, ou plutôt, pour tout dire, avec lui je n'avais pas pensé du tout. L'inconscience me guidait presque.

L'histoire semblait belle, mais presque impersonnelle. Cela faisait trois semaines que Luca et moi sortions ensemble, et le fait d'entendre son nom, un matin, au beau milieu d'une réunion de rédaction me surprit quand même.

« La maison Wish va lancer une ligne de bijoux pour hommes conçue par Luca Giudici. C'est une nouvelle intéressante, on pourrait faire un papier dessus, sur le nouvel homme des années 2000. »

Je sursautai. Tout ce qui touchait de près ou de loin à Luca me concernait. Parler de lui, c'était comme parler de quelque chose qui m'appartenait. J'avais tenté de calmer tout cela, en invoquant à mon âme la raison, que je ne pouvais mélanger vie privée et vie professionnelle et que je désirais éviter un autre désastre. Mal m'en prit. Une obsession démarrait. Je tentais de tuer le mythe, de le rendre moins attrayant mais il me surprenait à chaque fois. Je voyais ses défauts mais à mes yeux, ils paraissaient pardonnables, voire même adorables.

On me confia l'article traitant de la nouvelle collection de bijoux qu'avait dessinée Luca, sachant que je l'avais déjà approché et ignorant notre relation. Toutefois, Alexandra allait l'apprendre tôt ou tard. Je le considérais comme l'ultime papier que j'écrirais sur lui, et quel travail ! Parler de son petit ami !

Et pour cause… Luca Giudici n'était pas monsieur-tout-le-monde. Il détonnait dans le paysage genevois. Jeune, beau, célibataire, tessinois, et surtout designer, un métier très en vogue, signe d'avenir et de promesses, ce qui avait attiré l'attention de la presse suisse, qui remplissait de plus en plus leurs colonnes et leurs pages d'articles à son sujet. Ce dernier aurait préféré plus de discrétion, et éviter tout ce bruit autour de sa personne, lui qui, en privé, demeurait plus réservé. Ne pouvant nier que ce genre de publicité favorisait son succès, il se prêta au jeu et ainsi devint d'une certaine manière un acteur, en incarnant en public, devant les photographes, le rôle qu'on voulait lui faire jouer. Souriant, paraissant fort, charmeur, beau, irrésistible et confiant, alors qu'au fond de lui, il doutait, ne se trouvait pas beau tous les jours, se préoccupait de la prochaine série de modèles à réaliser, et se sentait rongé par les images du passé. Il avait faim de vrai, d'honnêteté, aussi bien envers les femmes, mais tout ce qui s'entourait naturellement et constamment autour de lui, c'était une horde de parasites. Seulement, après avoir été constamment envahi dans le passé, il avait appris à réagir intelligemment et à relativiser.

Nous restions en contact tous les jours. Ainsi, si l'un de nous vivait une journée horrible, l'autre était là pour le soutenir. Surtout, nous nous encouragions, car même lui, Luca, doué et plus célèbre que moi, avait autant besoin de soutien. Lui, d'apparence solide et indestructible, me montra par son regard sa sensibilité.

On conviait souvent Luca à des soirées. Il m'avait demandé de l'accompagner à un événement mondain auquel il devait assister pour des raisons professionnelles. La soirée regroupait tout le gratin genevois, dont les acteurs de l'industrie horlogère. Détail insolite, Luca s'entendait avec ses concurrents, qui l'appréciaient et admiraient son mélange de jeunesse et de maturité...

Je devais donc trouver une robe du soir, et après avoir écumé bêtement les boutiques genevoises, je réalisai que je pouvais faire appel à la responsable de la réserve du journal, en espérant trouver ma taille. Elle me parla de sponsoring, et comme Luca était célèbre à Genève, il s'avéra facile de demander le prêt d'une belle robe pour l'occasion. Le sac et les chaussures proviendraient de la réserve du journal. Luca s'était mis en tête de me parer des bijoux de son employeur, publicité oblige !

Toute la jet-set genevoise se réunissait ce soir-là au Bâtiment des Forces Motrices. Tous les visages que l'on voyait dans la presse se trouvaient ici, en grandeur nature, ainsi qu'un petit groupe de photographes qui se dispersaient, vivotaient, et les mitraillaient.

Soudain, j'aperçus Jennifer Cash, seule, vêtue d'une magnifique robe, bien entendu, parfaite, comme d'habitude !
Même vêtue de beaux vêtements et parée de bijoux coûteux, il restait toujours un détail qui clochait chez moi !

Elle s'approcha en direction de Luca. Alerte, alerte !! Elle osait venir vers MON Luca !

Bien entendu, elle ne me reconnut pas. Le petit personnel était facilement négligé. Luca ignorait que j'avais travaillé pour elle, cela restait le genre de détails que j'évitais soigneusement. Mon sang se glaça d'un tour.

« Luca !»
Non seulement elle se permettait de l'appeler par son prénom, mais en plus, elle tentait de m'éloigner par une méchante allusion à ma personne :
« Nous pouvons aller discuter dans un coin plus tranquille, cela vous épargnerait le harcèlement des groupies !
Luca prit un air étonné. Visiblement, la conversation ne l'intéressait pas. Mlle Cash observait

ma chevelure, fraîchement sortie des mains du coiffeur, très brillante et très rousse. Et sur un ton très snob, elle osa déclarer :

« Vous savez qu'au Moyen Âge on brûlait les rousses ? »

Par cette allusion, elle pensait me mettre encore hors jeu et me considérer comme une intruse.

« On brûlait aussi les chats noirs. J'en ai un très mignon. Beaucoup plus adorable que certaines personnes », riposta Luca, qui me défendit. C'était un vrai chevalier servant prêt à défendre sa belle et au lieu de se laisser charmer par les sortilèges de cette sorcière, il les vainquit.

Mlle Cash se tut et jeta un regard étonné, comme si quelqu'un avait bafoué le protocole de sa grandeur. Elle se sentit vexée et s'éloigna.

Après diverses présentations et mots échangés, nous partîmes. En sortant, j'eus droit à un long baiser passionné de Luca. Les prémices d'une nuit blanche. En rentrant à la maison, l'homme posé perdit la tête et se montra plus sauvage. Il me dévorait des yeux, répétait que j'étais belle, féminine et magnifique dans cette robe qui me mettait en valeur. Son comportement ardent me rassura et me fit comprendre que Mlle Cash, aussi parfaite semblait-elle, n'avait aucune chance.

Il y avait comme une épée de Damoclès au-
dessus de notre couple : le divorce, le risque
d'éventuelle rupture, etc., qui rendait nos rapports
plus intenses car je manifestais une soif inétanchable,
qu'il percevait et qui le rendait plus fougueux.

Cette relation demeurait intense, et il
m'arrivait d'interrompre mon travail parce qu'une
pensée surgissait brusquement ; le visage de Luca, qui
me regardait et ensuite, le souvenir de nos instants de
passion s'imposait, d'une lourde volupté intense qui
me retenait. Jamais je n'avais été si troublée. Cela
arrivait sans que je le pressente et perturbait mon
esprit.

Je refusais de vivre constamment collée à
Luca, parce qu'il m'aurait reproché de l'empêcher de
respirer et je voulais éviter d'attirer de la rancœur de
sa part. Je ne bronchais pas s'il m'annonçait qu'il
devait s'absenter, car c'était fréquent, toutefois le fait
qu'il s'éloigne renforçait mon désir d'être avec lui, et
je me sentais en sevrage. Pour combler le manque, je
demeurais prête à tout : messages, conversations
sulfureuses, et innovation. Jamais je n'avais manifesté
autant d'amour pour un homme, tellement je devenais
créative pour rendre magiques nos moments passés
ensemble. Auparavant passive, je devenais active. Et
cela lui plaisait car chaque effort mené de ma part se
soldait par une récompense.

Malgré toute la bonne volonté que je mettais à réussir mon histoire d'amour avec Luca, certains facteurs contre lesquels je ne pouvais lutter venaient perturber cette tentative d'harmonie. J'étais tombée amoureuse d'un homme attirant la presse – la preuve, moi, journaliste il m'avait attirée – mais aussi une bonne partie des femmes célibataires de Genève et des alentours. Son visage s'affichait dans les journaux, qui, avant notre relation, l'avait même qualifié de « célibataire le plus convoité de Suisse ». Il avait tout pour plaire : beau, intelligent, populaire, et le fait qu'il soit désigner pour la joaillerie faisait fantasmer les femmes qui s'imaginaient qu'il allait leur ramener plein de bijoux, les serrer dans ses bras musclés, et les emmener dans les soirées les plus glamours auxquelles il était invité.

Les journaux avaient fait écho de notre relation mais malheureusement cela ne constituait pas un frein dans les tentatives de séduction de ses prétendantes. Et comme ces dernières ne me craignaient pas, elles ne firent pas dans la discrétion. Je sus qu'il recevait des e-mails, des lettres d'amour – elles ne le connaissaient pas personnellement mais elles se prétendaient déjà amoureuses, que cela sonnait faux ! – des colis contenant de la lingerie – comme si Luca désirait se travestir – ou des chocolats. Je tentais de fermer les yeux sur ces agissements de dindes en chaleur mais cette vérité-là me déplaisait.

Le succès du journal, ainsi que la rencontre avec Luca, avaient regonflé ma propre estime. Cependant, lorsque le succès s'installait, même s'il s'avérait mérité, après de la patience et un dur labeur, il ne pouvait se gérer parfaitement. La jouissance éprouvée s'accompagnait de souffrance. Une fois arrivée à ce point tant espéré, il ne fallait pas retomber. Rester au même niveau. Je voulais garder cette réussite professionnelle qui m'avait permis de me découvrir, de m'accomplir et de briller. La rencontre avec Luca, son attitude qui m'empêchait de douter de lui, avait pris un caractère très inattendu, surtout après un retentissant échec sentimental. J'aurais pu le considérer comme un amant destiné uniquement à satisfaire mes besoins. Car ce rôle-là empêcherait tout effort, toute considération de ma part ou toute remise en question. Ce retournement de situation m'incita à m'impliquer et à me laisser aller. Et peut-être qu'indépendamment de cela, j'aurais été inévitablement amoureuse de lui. Parce qu'il se dégageait tellement de Luca que, même discret, on pouvait, avec le temps, ouvrir les yeux comme on le ferait devant des éclats puissants du soleil. Il fallait l'avouer : ce que je vivais ressemblait au bonheur. Mais ce bonheur-là paraissait fragilisé : le divorce n'était toujours pas prononcé, la procédure était lente, compliquée et troublée par le retard qu'Enrique déclenchait par ses résistances à cette séparation.

Par périodes, il osait me harceler en s'imaginant que j'allais céder. Son entourage émettait des accusations racistes à mon égard – Enrique leur avait répété les insultes que je lui avais proférées. Et cela pouvait nuire à ma réputation ; bien que ses amis ne fréquentent pas les personnes de mon environnement professionnel, je craignais que ce genre de rumeur se répande car nous vivions dans une petite ville. Je craignais aussi que les agissements d'Enrique, et surtout sa présence persistante dans ma vie, à travers cette procédure de divorce, entachent ma relation avec Luca. Je portais un fardeau qui ne le concernait pas et je refusais qu'il en subisse les conséquences. Pouvait-il rester avec moi malgré tout ?

Je commençais à angoisser de plus en plus. Rien qu'à la vue de ces papiers concernant le divorce, j'attrapais des sueurs froides. Cela me pourrissait la vie. Je savais que je devais me ressaisir, savourer les bons moments, car la vie comportait ses limites.

A force de me poser des questions sur Luca
sans les lui poser directement, je me gâchais
l'existence. Je devais lui faire confiance. Je désirais
savoir certaines choses mais je ne savais pas comment
formuler la question. Lors d'une soirée passée chez
lui, j'osai l'interroger :

« Quand tu faisais partie du groupe… Y'avait
des filles ?

Finalement, les mots arrivèrent, je repris :

— Je veux dire, il y avait des groupies ? Plein
de filles qui te couraient après ?

— Des groupies ? Ah oui, il y en avait.

— Et tu en profitais ?

Visiblement, il ne s'attendait pas à cette
question.

— Il y avait la tentation. Cela est déjà arrivé.

— Tout le temps ? Comment est-ce arrivé ?

Il devait me sentir inquiète. Bien sûr, c'était le
passé, mais le passé maintenait toujours une
influence sur le présent.

— Cela est arrivé une ou deux fois.

— Mais comment et pourquoi ?

Il prit ma main. Et commença :

— La première fois, j'avais flirté avec une
fille lors d'une soirée et je ne l'ai plus jamais revue.
La deuxième fois…

Il s'arrêta un instant. L'hésitation de s'ouvrir
autant, trait caractéristique de l'homme. Puis la
volonté d'être honnête et de le prouver reprit le
dessus.

Cela se voyait.

— La dernière, c'était plus poussé. Elle était jolie, mais c'était surtout parce que… Parce que ce soir-là, je me sentais seul, très seul. Je pensais qu'en passant la nuit avec elle…

Son visage exprima la naïveté qu'il avait eue à ce moment-là.

— On a fait l'amour, je m'étais appliqué et après… Je voulais échanger autre chose, parler un peu et elle… »

Silence gêné. Il se sentait idiot d'avoir été naïf et en même temps, il savait qui il était : un homme talentueux et sauvage, pas un perdant.

— En fait, pour elle, je n'étais pas un être humain. Elle ne m'aurait jamais apprécié pour moi-même. Elle gloussait parce qu'elle avait soi-disant couché avec une célébrité alors que moi, j'attendais autre chose. Pas de l'engagement, mais un échange.

Il avait beau se justifier, il ne m'avait pas narré son récit sur le ton envoyez-vos-dons, et restait digne.

— J'ai compris pourquoi j'avais eu des échecs, des ruptures, pourquoi je n'avais pas rencontré plus tôt la bonne personne. Tout ce temps et ces expériences étaient destinés à me préparer à être à la hauteur de la bonne personne. Et je l'ai rencontrée », ajouta-t-il en me regardant.

Luca et moi partîmes pour Lugano. Nous devions séjourner au domicile de ses parents qui allaient rentrer de leur voyage en Egypte. Cela signifiait que je serais présentée à eux sous peu et que notre relation devenait plus officielle. Cela représenta un grand moment : s'envoler ensemble, connaître sa ville d'origine et sa famille. Nous avions prévu de filer après le travail. Pour cause de problèmes techniques, l'avion décolla en retard. Une fois arrivés à Lugano, nous nous rendîmes directement chez lui.

Luca devait passer quelques coups de fils et j'éprouvais le besoin de me dégourdir les jambes. Je sortis faire le tour du pâté de maisons.

Bien sûr, je pensais attendre le lendemain pour visiter la ville, mais je voulais marcher aux alentours de ce quartier résidentiel. Je ne connaissais pas Lugano et de nuit, je n'aperçus que la montagne et le lac.

Les palmiers plantés dans les jardins indiquaient que je ne me trouvais plus à Genève mais dans la Suisse latine.

La nuit tomba, je marchais sur le trottoir. J'entendis au loin le moteur rutilant d'une voiture, puis une sirène. La police devait sûrement passer, mais le bruit d'une autre voiture dont les pneus crissaient signifiait une course poursuite. Le son s'amplifia et le vacarme s'installa. Ensuite, ce fut une confusion totale : la sirène, la voiture au moteur nerveux, les crissements de pneus, une peur qui traversa mon esprit. Quelques secondes de lucidité m'indiquèrent un danger. Les battements de mon cœur s'accélérèrent, ma respiration s'intensifia, et puis, un choc sur mon corps, le bitume heurté, les brisures qui se formèrent sur une carrosserie, ... Le son paraissait à peine audible, comme si je me trouvais à un autre niveau.

J'ignorais ce qui se passait, c'était comme si je n'étais plus là. Une coupure se fit puis des informations vinrent. J'entendis le son d'une autre sirène, accompagné de lumières bleues. J'éprouvais plus de légèreté alors que je voyais du monde s'affairer autour de moi. Ce moi-là, je le percevais de l'extérieur !

Pour la première fois de ma vie, je me sentis en apesanteur, je volais. J'étais sortie de mon corps, puis tout s'estompait, comme si je disparaissais. Alors qu'ils m'emmenaient dans cette ambulance, je n'étais plus là, je ne faisais déjà plus partie des leurs. Que s'était-il passé pour en arriver là ?

Il faisait nuit noire, la police avait pourchassé une voiture aux plaques italiennes qui s'était embardée contre le trottoir et m'avait heurtée. Lorsque je me réveillai, avec la sensation de sortir d'un profond sommeil, c'était l'aube et j'étais ailleurs.

Après avoir passé ses coups de téléphone, Luca s'allongea sur le canapé et s'endormit. Il ignorait que je tarderais à venir. Il tenait contre lui un écrin ouvert, contenant la bague qu'il voulait m'offrir. Je l'ignorais mais ce soir-là, Luca comptait me demander en mariage car son cœur désirait s'exprimer de la manière la plus folle possible. D'ailleurs, cette idée-là l'émoustillait.

Son téléphone sonna, ce qui le réveilla. Il jeta un coup d'œil à sa montre et comprit qu'il avait dormi longtemps. Il poussa un soupir et prit le téléphone. Derrière l'oreille, la voix d'une personne qui désirait lui parler : malgré l'heure tardive, ce n'était pas une erreur.

Son regard devint sérieux ; le bleu de ses yeux s'intensifia, cherchant un sens, un repère. Puis, son visage se figea. L'écrin tomba. Il mit fin à la conversation téléphonique par un « j'arrive ».

Il s'effondra.

Seul, avec ce symbole de l'amour qu'il me portait.

Seul, en proie à une détresse soudaine, inattendue, qui le traversait, lui, l'homme fort et viril.

A l'autre bout du fil, on lui avait annoncé ma mort.

J'appris que ce soir-là, Luca avait quelque chose à m'offrir en dépit de ma situation. Même si le divorce n'était pas prononcé, il pensait de manière optimiste à l'avenir et désirait plus que tout faire sa vie avec moi, ce qui signifiait fiançailles et mariage. Tout cela, il voulait me le dire ce soir-là, une fois que je serais rentrée. Mais je n'étais jamais rentrée. J'aperçus en accéléré tout ce que causa mon décès, car il ne fallait pas m'accabler avec tout cela, car j'étais affectée à accomplir des choses. Avant d'entamer ma mission, je devais voir ma fin. Luca était effondré et s'en voulait terriblement. La culpabilité s'installa dans sa vie pour un bon moment parce qu'il n'avait pas été avec moi au moment de l'accident, et qu'il n'a pas pu empêcher cela. Il regretta également de ne pas m'avoir dit tout ce qu'il avait voulu me dire avant ma mort. Luca m'aimait vraiment. Il ne sortit de cet état qu'après deux ans et une analyse chez un psy. Mes amies le vécurent mal, d'autant plus que cela s'ajouta au décès de Sarah. Les filles de la rédaction de HK furent choquées et rassemblèrent tout ce que j'avais pu produire. Je commençais à me faire connaître partout quand je mourus et plusieurs journaux suisses consacrèrent une colonne dans leurs éditions pour informer de mon décès.

Ainsi cette période heureuse de ma vie se figea pour toujours. D'autres filles dans le monde vivaient une vie quasi-similaire à la mienne qui s'arrêterait à la vieillesse. La mienne s'était arrêtée, mais dans la joie, pas à l'époque où j'allais mal.

Ce n'était pas si triste de disparaître car le doute subsistait dans ma vie, et la fatigue émotionnelle me prenait. Peut-être que j'avais tout provoqué, que je désirais au fond tout arrêter et me reposer. Loin, très loin, sans avoir à me justifier. On ne demandait jamais aux morts de se justifier, et si on le faisait, on se doutait que leur responsabilité était supplantée par celle du destin. En ce qui concerne Luca, peut-être aurions-nous été heureux ensemble ? Cette question ne lui viendrait pas à l'esprit, parce qu'il resterait convaincu que cela aurait été le cas. Le temps s'était arrêté, il ne m'avait connue que depuis notre rencontre jusqu'à mon décès, son cœur et sa tête m'avaient déjà jugée et mon image demeurait figée. Partir comme cela, c'était partir sans aucun regret. D'une certaine manière, j'aurais été immortelle dans ses pensées car j'avais accédé au statut de divinité disparue avec moins de défauts que les autres femmes.

La pensée qu'on aurait pu se fiancer, se marier et vivre ensemble m'avait effleurée. Et lui pensait à cela, ce fut ce qui le rendit longtemps malheureux. Quelque part, ces moments-là que nous n'avions pas vécus ensemble, c'était notre malheur. Mais pour moi, ce malheur-là n'existait plus : j'étais sereine, car je savais que le plus important, c'était nos sentiments, nos âmes unies à jamais. Tant de gens vivaient ensemble, partageaient leur vie, sans vraiment être présents l'un pour l'autre, sans s'aimer comme on s'aimait.

Je passai de cette vie à une autre dimension plus poétique et plus belle. Chacun devenait artiste et créait la beauté en livrant son âme. L'artifice, le mal, ne pouvaient y vivre. Ceux qui manquaient de sincérité et ne donnaient rien d'eux-mêmes s'éloignaient vers l'enfer. Pour vivre dans cette dimension, il fallait faire preuve d'un altruisme qui exhalait la beauté. Rien n'était gratuit : tout se méritait.

Je communiquais avec Luca à travers les rêves. Le rêve paraissait une frontière entre nous et ceux qui vivaient. A chaque fois que je le retrouvais, les mêmes phrases s'échappaient :

« Tu me manques »…

Il me répétait cela et je ne percevais que son âme. Peu de temps passé physiquement ensemble. Pas assez.

Cela n'aurait pu être autrement : mon âme tendait vers l'impureté et vacillait trop entre le bien et le mal. Au point que si je l'avais rencontré quelques années plus tôt, je ne l'aurais pas vu, je l'aurais même chassé de ma vie. Si j'avais agi et pensé différemment, si j'avais été moins égoïste, ma vie aurait été tout autre et je n'aurais pas connu la mort si jeune…

.

www.ingramcontent.com/pod-product-compliance
Lightning Source LLC
Chambersburg PA
CBHW061601170626
46811CB00001B/276